KB248440

임영기 新무협 판타지 소설
FANTASTIC ORIENTAL HEROES

대사부 3

임영기 新무협 판타지 소설

초판 1쇄 찍은 날 § 2010년 1월 21일
초판 1쇄 펴낸 날 § 2010년 1월 27일

지은이 § 임영기
펴낸이 § 서경석

편집장 § 문혜영
편집 § 주소영

펴낸곳 § 도서출판 청어람
등록번호 § 제1081-1-89호
등록일자 § 1999. 5. 31
어람번호 § 제2-1875호

주소 § 경기도 부천시 원미구 심곡2동 163-2 서경B/D 3F (우) 420-822
전화 § 032-656-4452 팩스 § 032-656-4453
http://www.chungeoram.com
E-mail § eoram99@chollian.net

© 임영기, 2009

ISBN 978-89-251-2063-8 04810
ISBN 978-89-251-2031-7 (세트)

대사부

大邪夫

FANTASTIC ORIENTAL HEROES

임영기 新무협 판타지 소설

③

대정숙(大正宿)

도서출판 청어람

目次

第二十三章
깨달음과 배움

다음날.

커다란 전문 위에 방금 현판을 걸었다.

현판에는 용사비등한 글씨체로 '낙성검가' 라고 적혀 있다.

그 현판은 광화현의 낙성검가 전문 위에 걸려 있던 것을 떼어온 것이다.

낙성검가를 개파한 사조의 친필이며, 이십오 대를 지나는 동안 온갖 풍상을 겪어 색이 바래고 낡았으나 고색창연함은 살아 있었다.

전문 앞에는 기개세와 하여상, 유석, 유정 네 사람이 나란히 서서 현판을 바라보고 있었다.

하여상과 유석, 유정 세 사람은 굵은 눈물을 뚝뚝 흘렸다.

낙성검가가 개파한 이후 이십오 대 팔백여 년 동안 뿌리를 내리고 있었던 호북성 북쪽 지방 광화현 시골을 떠나 이제 중원 한복판인 낙양성 내에서도 중심가에 낙성검가의 현판을 걸었다.

더구나 지난 십여 년 동안 몰락의 내리막길을 곤두박질치면서 회생할 가능성은 단 일 할도 없었던 낙성검가였다.

그런데 중원 한복판에 예전보다 대여섯 배는 더 규모가 큰 장원에 낙성검가의 현판을 걸고 힘찬 재기의 첫발을 내디뎠으니 어찌 하여상 가족이 감격하지 않겠는가.

하여상은 현판을 바라보면서 눈물을 흘리다가 두 손을 마주 잡고 두 눈을 꼭 감았다.

이제 내일이면 낙성검가의 삼 남매가 모든 정파인들의 꿈의 등용문인 대정숙 선발시험에 응시할 것이다.

별다른 일이 없는 한 삼 남매는 시험에 통과되어 대정숙의 생도, 즉 대정생도(大正生徒)가 될 수 있을 것이라고 하여상은 확신하고 있었다.

그 사실만으로도 낙성검가에는 많은 제자들이 입문을 하려고 몰려들 것이다.

대정숙에 한 명도 입교하기가 어렵거늘 삼 남매 모두 입교한 낙성검가의 성가는 연일 하늘을 찌르며 치솟을 터이다.

그런 생각을 하자 하여상은, 아니, 유석과 유정마저도 너무 가슴이 벅차서 금방이라도 터질 것만 같았다.

하여상과 유정은 기개세의 좌우에 서 있었다. 나흘 전 대정숙 앞에 나란히 섰을 때 그녀들은 기개세 좌우에 섰었는데 지금도 약속이나 한 듯 그때와 같은 광경이다.

그러나 그것은 약속한 것도, 일부러 그런 것도 아니다. 마음이 가면 자연히 몸도 따라서 간다고, 은연중에 그녀들이 기개세를 많이 의지하게 되었다는 뜻이 아니겠는가.

기개세는 팔짱을 끼고 흐뭇한 얼굴로 현판을 바라보며 나직이 중얼거렸다.

"흠! 이제 낙양성에서 제일 뛰어난 의원을 모시고 와서 아버지를 치료하는 일만 남았군."

그 말에 하여상과 유정, 유석은 깜짝 놀라 일제히 기개세를 쳐다보았다.

자신들도 그런 생각을 하고 있었으나 엄두가 나지 않아 아직 입 밖에 내지 못한 채 시기를 엿보고 있었는데, 친아들도 아닌 기개세가 그런 말을 선뜻 하자 뭐라고 형용하기 어려운 감정이 가슴속에서 들끓었다.

광화현 낙성검가에서 한 달여. 그리고 이곳까지 오는 며칠 동안 기개세와 하여상 등은 정말 가족처럼 친밀해졌다.

하지만 그것은 어디까지나 '가족처럼' 이지 '가족' 으로서의 친밀함은 아니다.

　허물없이 부대끼며 지내는 동안에도 보이지 않는 가족과 양아들의 벽이 존재했었던 것이다. 그것을 기개세나 하여상 가족 모두 느꼈었다.

　그러나 그 벽이 낙양성에 도착한 이후 장원을 매입하고 낙성검가를 세우는 과정에 서서히 허물어지기 시작했고, 방금 기개세가 의원에 대해서 말할 때 완전히 무너져 버렸다.

　바야흐로 하여상과 유석, 유정은 기개세를 친아들이며 친형제처럼 느끼게 되었다.

　인간의 일이며 감정이란 때론 수십 년이 걸려도 인위적으로 이룰 수 없는 것이거늘, 기개세는 그것을 불과 한 달여 만에 해치워 버렸다.

　하여상과 유석, 유정의 얼굴에 걷잡을 수 없는 감동이 파도처럼 거세게 일어났다.

　"영아……."

　"둘째 오빠……."

　하여상과 유정은 몸을 떨면서 와락 눈물을 쏟았다.

　기개세는 양팔을 벌려 두 여자의 어깨를 감쌌다.

　"어허… 오늘같이 좋은 날에 왜 울고 그래? 뚝!"

　"으흐흑! 영아! 어미는 너무 기쁘구나……."

　"으앙! 둘째 오빠……!"

　두 여자는 울음을 터뜨리면서 기개세의 품으로 파고들었다.

"이런, 쯧쯧… 여자들이란."

기개세는 혀를 차면서도 빙그레 미소 지으며 두 여자를 안고 등을 토닥거렸다.

그 광경을 보면서 유석은 가슴이 터질 듯이 기뻤다.

'영아는 우리 낙성검가를 궁휼히 여기신 하늘이 내린 복덩이다. 앞으로 내가 할 일은 저 아이를 지키는 것이다.'

그때 기개세가 유정에게 뭐라고 속삭였다.

그러자 유정이 움찔 몸이 굳어 갑자기 싸늘하게 기개세를 쏘아보더니 그의 품에서 빠져나갔다.

"짐승이야."

기개세가 속삭인 말은 별게 아니었다.

"기분도 좋은데 찌찌 한번 만질까?"

기개세와 유석은 수소문을 하여 낙양성에서 제일 용한 의원을 찾아내 낙성검가로 데리고 갔다.

과연 시골 광화현의 의원과 대도 낙양성의 의원은 뭐가 달라도 크게 달랐다.

광화현에서는 없는 돈을 쪼개서 열흘이나 보름에 한 번씩 꼭 의원을 데려와 병환 중인 유당환을 보이게 되면, 대부분의 의원들은 고개를 가로저으면서 손을 쓰지 못할 정도로 상태가 나쁘다고 입을 모았었다.

그런데 낙양성에서 제일 용한 의원은 한동안 꼼꼼하게 유당환을 진맥하고 나더니 진중하게 입을 열었다.

"늦어도 반년 안에는 완치시킬 수 있소이다."

그리고는 그 즉시 유당환에게 특수한 방식의 침을 놓고 이어서 약방문을 써주었다.

낙성검가는 그야말로 잔치 분위기다.

옛말에 복은 쌍으로 오지 않고, 화는 홀로 오지 않는다더니 순전히 틀린 말이다.

낙성검가의 복은 그야말로 줄줄이 이어지고 있었다.

광화현 시골에서 낙양성으로 이사를 하고, 커다란 장원에 낙성검가 현판을 내걸었으며, 이제는 가주인 유당환이 반년 안에는 완치되어 십여 년이나 누워 있던 병석을 훌훌 털고 일어선다고 하니, 그것이야말로 어느 기쁨보다 가장 큰 것이었다.

그리고 그 모든 복들은 기개세가 가져다주었다.

낙성검가에 전각이 스물다섯 채나 되다 보니까 가족들이 한 채씩 차지했다.

한복판의 가장 큰 전각은 낙성전(落星殿)이라고 이름 지었으며 낙성검가의 모든 업무를 보고 또 하여상과 유당환 부부가 기거하기로 했다.

그리고 기개세와 유석, 유정은 낙성전을 중심으로 삼각형을 이루고 있는 세 채의 전각을 각기 자신들의 거처로 정했다.

오늘 하루 종일 하여상과 유정은 낙양성 내에서 각종 가구들과 장원에서 필요한 물건들을 부지런히 사들였으며, 또한 세 명의 하인과 다섯 명의 하녀를 구했다.

유석은 낙성검가의 문하제자들을 모집하는 방문(榜文)을 수십 장 썼다.

내일 아침에 자신들이 대정숙에 입교하러 간 후에 하여상이 낙양성 내 곳곳에 방문을 붙일 것이다.

하여상은 현재 낙성검가에서 가장 뛰어난 고수이며, 예전 몰락하기 전 낙성검가의 모든 업무를 그녀가 관할했기 때문에 문하제자가 모이더라도 그들을 가르치고 관리하는 데에는 별다른 어려움이 없을 터이다.

일단 문하제자들을 몇 달 정도 가르친 후에 그들 중에서 뛰어난 제자를 몇 명 선발, 따로 특별히 지도하여 사범으로 삼으면 그때부터는 순풍에 돛을 달게 된다.

기개세는 낮 동안 내내 연공실로 정한 전각 안에서 낙성검가의 성명무공들을 수련하느라 한 발자국도 밖으로 나오지 않았다.

그리고는 초저녁이 돼서야 자신의 거처로 돌아와 방에 틀어박혀서 무언가를 하는 중이다.

그는 침상의 벽 쪽 다리 하나를 뽑아서 안쪽을 파낸 후 그곳에 지니고 있던 스물네 개의 보석들을 넣고는 봉한 후에 다시 다리를 침상에 붙였다.

대정숙에 보석을 갖고 들어갈 수 없을 것이라고 여겨 감춰 둔 것이다.

대정숙에 입교하면 생도들에게 열흘에 한 차례씩 하루 외박을, 매월 마지막 날에는 사흘의 외박을 허용한다고 하니, 돈이 필요하게 되면 그때 나와서 꺼내면 된다.

하지만 보석을 꺼낼 일은 없을 것이다. 낙양성에 와서 보석을 두 개 팔아 장원 한 채를 사고 남은 금화 사만 오천 냥을 대진전장의 환표로 바꾸어서 몸에 지니고 있으니 돈이 필요하면 그것을 쓰면 될 터이다.

그는 보석을 감추고 나서 어깨에 메고 있던 천신검, 아니, 절대신검을 헝겊에서 풀어 바닥에 내려놓고는 한동안 물끄러미 굽어보았다.

석 자 반 정도 길이의 고색창연한 분위기를 풍기며, 검실은 얇고 가벼운 쇠 종류로 만들어졌는데, 흰 바탕에 푸르고 흰 무늬가 그려져 있는 것이 흡사 맑은 하늘에 몇 조각의 구름이 흘러가고 청명한 하늬바람이 부는 듯한 느낌이었다.

척!

그는 어제 성내에서 구한 몇 가지 색의 도료(塗料)를 바닥에 펼쳐 놓고 붓을 집어들었다.

스슥… 슥…….

평소 덜렁거리는 그답지 않게 붓에 검은색의 도료를 찍어

세심하고 조심스럽게 검실에 칠하기 시작했다.

이어서 다른 붓으로 흰색 도료를 찍어 검실 몇 군데에 드문드문 칠했다.

완성된 그림은 원래의 것과 확연히 달라졌다. 조금 전까지는 검실이 흰 바탕이었는데 지금은 검은 바탕이 됐고, 드문드문 구름이나 바람처럼 푸르고 흰 무늬가 있었으나 지금은 모두 흰 무늬로 바뀌었다.

특수한 도료를 사용했기 때문에 여간해서는 지워지지 않을 것이다.

검실을 끝낸 그는 이번에는 가늘고 길게 쪼갠 흑갈색의 쇠가죽을 검파에 꼼꼼하게 칭칭 동여맸다.

검파에는 천검신문의 문주를 상징하는 '천신' 이라는 두 글자가 볼록 튀어나오게 양각되어 있었는데 쇠가죽에 완전히 가려져 버렸다.

완성된 검을 이리저리 살펴보던 기개세는 고개를 끄덕이고는 다시 어깨에 멨다.

그가 절대신검을 다른 모습으로 바꾼 이유는 남들이 알아보지 못하게 하려는 것이다.

지난번에 광화현의 낙성검가를 출발하자마자 절대신검을 알아본 낯선 세 명이 다짜고짜 공격을 해서 기개세는 거의 죽을 뻔했었다.

"네놈이 천검신문 문주를 상징하는 절대신검을 지니고 있기 때문이다."

그 당시에 괴한은 그렇게 말했었다. 그 말은 곧 다른 사람들이 절대신검을 보게 되면 그들 역시 기개세를 공격할 가능성이 있다는 뜻이었다.
그런 일이 생겨서 골치 아픈 일을 자초할 필요는 없다는 게 그의 생각이다.
'도대체 천검신문이 뭘 하는 곳인데 절대신검을 본 자들이 다짜고짜 공격을 하는 것인가?
기개세는 속으로 중얼거리면서 골똘히 생각에 잠겼다.
그러더니 생각은 자연스럽게 그가 구화산 천신동에서 독고성을 사부로 모셨던 기억으로 이어졌다.
그 당시의 기개세는 제정신이 아니었다. 그런 와중에 독고성과 사제의 관계를 맺어버린 것이다.
천신동을 나온 이후 기개세는 그때의 일에 대해서 진지하게 생각해 본 적이 거의 없었다.
그런데 지금 절대신검에 색을 칠하고 나서야 비로소 그때의 일들이 오롯이 떠올라 마음에 새겨졌다.
'사부님……'
독고성의 인자한 모습이 생각나자 그는 자신도 모르게 속으로 중얼거렸다.

자의든 타의든, 그리고 그때의 상황이 어쨌든, 그는 독고성에게 정식으로 구 배를 올리고 제자가 되었으며, 천검신문의 구대문주로 임명되었다.

그런데도 불구하고 그는 천검신문이나 독고성에 대해서 까맣게 잊어버리고 있었던 것이다.

문득 독고성, 아니, 사부가 그리워졌다. 기개세가 누군가를 그리워하는 것은 매우 드문 일이다.

그런데 하물며 살갑게 정을 나눈 사이도 아니거늘 이미 죽은 사부를 그리워하고 있는 것이다.

'어쨌든 나는 천검신문의 구대문주다.'

그 사실을 부인하고 싶지는 않았다. 오히려 기회가 닿으면 낙양성 같은 번화한 곳에 보란 듯이 근사한 천검신문을 세우고 제자를 모아 문파의 이름을 알리고 싶다는 생각마저 들었다.

사부 독고성을 생각하자 문득 또 한 사람의 인자한 모습이 기다렸다는 듯이 생생하게 떠올랐다.

'할배……'

조부 천사존 기화종의 모습이다.

기개세가 집을 떠나기 전까지 가장 가까웠던 사람은 부모와 조부 그렇게 세 사람이었다.

모친과 조부는 기개세에게 조건없는 사랑을 무한정으로 퍼부었으니 당연히 좋아할 수밖에 없었다.

하지만 '무식하면 용감하다'는 속담의 진가를 유감없이 보여준 부친은 좋아하려야 좋아할 수가 없는 사람이었다.

그런데도 불구하고 이제 와서 돌이켜 생각해 보니까 부친이 행했던 모든 일들이 기개세를 위해서였다는 사실을 깨달을 수 있었다.

'나는 못난 놈이다.'

기개세는 착잡한 표정을 지었다. 그들 세 사람이 자신에게 얼마나 소중한 존재였는가를 깨닫게 되자 연이어 자신이 그들에게 얼마나 개망나니 같은 존재였는가, 라는 사실도 더불어서 깨달아진 것이다.

어째서 예전에는 그런 것들을 까맣게 몰랐었는데 이제는 알게 되었는가? 라는 의문은 곧 풀렸다.

배움이다.

낙성검가에서 배운 것은 학문과 무공만이 아니었다. 가족 간의 화목과 결속, 소중함 등도 생활을 하는 과정에서 두루 배웠었다.

그래서 사도구련 총련의 가족이 자신에게 얼마나 소중한 존재들인지 이제는 뼈저리게 느낄 수가 있었다.

'할배……'

기개세는 마음속으로 다시 한 번 조부를 불렀다.

조부의 임종도 보지 못했을뿐더러, 조부의 죽음을 진심으로 슬퍼하지도 않았었다.

단지 자신을 대책없이 위해주던 배경 하나가 없어졌으니 이제는 부친의 압박을 어떻게 견딜까 하는 걱정만 앞섰던 게 사실이다.

기개세가 처음 만났을 때 사부 독고성은 이미 이 세상 사람이 아니었다.

그리고 조부도 죽었다. 기개세의 생애에서 가장 중요한 두 사람은 이제 그에게 어떤 말도 해줄 수가 없다.

기개세는 한참이나 더 숙연한 심정으로 사부와 조부에 대해서 사소한 것까지 추억하며 반성과 깨달음을 곱씹었다.

그리고 그가 마지막으로 깨달은 사실은 '배움'이다.

학식이든 무공이든 배워야 진짜 눈이 떠지고 입이 열리며 어디서든 사람 대접을 받을 수 있다는 사실을 깨달았다.

이윽고 그는 두 손으로 절대신검을 잡고 느릿하게 가슴 높이 들어 올렸다가 검파를 움켜잡고 천천히 뽑았다.

우웅…….

절대신검을 뽑을 때마다 듣는 검명이지만 여느 검하고는 달리 용의 낮은 울음 같은 소리가 흘러나왔다.

척!

그는 검을 전면을 향해 길게 쭉 뻗었다.

다른 검을 잡아본 기회가 그리 많지는 않았으나 절대신검은 그것들보다 조금 더 묵직했다.

그런데 그때 이상한 느낌이 들었다. 가슴이 두근거리면서 묘한 흥분을 느꼈다.

그리고 그가 한 번도 느껴보지 못했던 생소한 느낌. 그러나 그것이 무엇인지 단번에 알 수 있는 느낌이 있었다.

그것은 몸속의 피가 뜨거워지는 느낌이다.

예전에 절대신검을 몇 번인가 뽑았을 때에는 느껴보지 못했던 기이한 감정이었다.

마치 절대신검이 오랫동안 떨어져 있다가 만난 쌍둥이 형제나 분신(分身) 같은 생각이 들었다.

"해볼까?"

그는 심장이 쿵쿵 울리는 것을 생생하게 느끼며 나직이 중얼거렸다.

조금 전에 깨달았던 것. 즉, 배움이다. 천신록에 도전해 보고 싶다는 생각이 든 것이다.

그리고는 곧 입가에 빙그레 미소를 머금었다.

"해보지 뭐."

무엇인가를 하겠다는 강렬한 욕구를 지금처럼 느낀 것은 생전 처음이다.

기개세는 그 길로 병환 중인 남편 곁을 지키고 있는 하여상을 찾아갔다.

"아버지는 좀 어뗘세요?"

그가 침상 가에 앉아 있는 하여상 곁으로 다가가서 유당환을 굽어보며 묻자 그녀는 기쁜 미소를 지었다.

"조금이지만 좋아지셨단다. 과연 그 의원의 침술과 약이 놀라운 효과가 있는 것 같구나."

그녀는 곁에 서 있는 기개세의 허리에 팔을 두르고 옆구리에 뺨을 비비면서 그에 대한 애정과 고마움을 표시했다.

또한 그녀는 기개세가 처음에 낙성검가에 왔을 때와는 비교도 할 수 없을 만큼 인간적이 된 사실을 기뻐했다.

아마 예전의 그였다면 유당환의 안부 따윈 묻지도, 관심도 없었을 것이다.

그가 변한 것은 하여상의 가르침과 낙성검가 가족들의 끈끈한 화목 덕분이었다.

"앞으로는 하루가 다르게 좋아지실 거예요."

"그렇게만 된다면야 더 이상 무얼 바라겠느냐."

하여상은 기개세를 꼭 안고는 떨어질 줄 몰랐다.

잠시 후에 기개세는 하여상에게 한 가지 부탁을 했다.

"엄마, 지금부터 제가 하는 말을 적고 그것을 해석해 주세요."

"무엇인데?"

"심법구결이에요."

"심법구결?"

기개세는 얼굴을 찡그렸다.

"너무 난해해서 혼자서는 안 되겠어요."

두 사람은 다른 방으로 자리를 옮겨 기개세가 천신동에서 외웠던 천신록의 천궁신결 구결을 한 글자도 틀리지 않고 읊어주고, 하여상은 일필휘지 빠른 속도로 써 내려갔다.

하여상은 어렸을 때부터 무공보다는 학문에 더 많은 관심을 보인 덕분에 지금은 웬만큼 실력있는 학자보다 나은 학식을 지니고 있었다.

이윽고 쓰기를 마친 하여상은 구결의 처음부터 한 줄씩 읽고 해석을 하기 시작했다.

그러나 구결이 너무 난해하여 그녀의 해석은 곧 막혔다.

"모르겠어?"

침상에 앉은 하여상의 무릎을 베고 누워서 나른한 얼굴로 눈을 감고 있던 기개세가 물었다.

"아냐. 조금만 기다리면 해석할 수 있을 것 같아."

그녀는 눈을 똑바로 뜨고 깜빡이지 않으며 구결을 적은 두루마리를 뚫어지게 주시했다.

"모르겠으면 그만둬, 애쓰지 말고."

기개세는 가족들이 있을 때는 하여상에게 존대를 하고 또 예의를 갖추려 애쓰지만, 지금처럼 둘이 있을 때에는 사도구련 총련에 있는 엄마에게 했던 것처럼 대한다.

"아니라니까. 풀 수 있어. 조금만 기다려 봐, 응?"

하여상 또한 둘이 있을 때에는 기개세의 그런 행동을 나무라지 않았다.

"으하~암!"

오늘 하루 종일 바빴던 기개세는 입이 찢어져라 하품을 하고는 양쪽 눈초리에 눈물방울을 매달았다.

"자지 말고 기다리라니까?"

"음… 알았어."

이윽고 머릿속으로 정리를 끝낸 하여상이 해석을 시작했다.

"영아, 해석해 줄게, 잘 들어."

그러나 기개세는 하여상의 무릎을 베고 눈을 감고 입을 반쯤 벌린 채 곤히 잠들어 있었다.

*　　　*　　　*

북경(北京)에 위치한 뇌룡문(雷龍門)은 무림팔대세가(武林八代勢家) 중 하나이며 하북무림의 패자이기도 하다.

팔대세가의 권위나 명성, 세력, 영향력은 구대문파하고도 견줄 수 있을 만큼 막강하다.

뇌룡문의 내전.

"마도오세의 하나인 혈룡궁의 혈룡십마제가 직접 행동에 나섰다고 하니까 정확한 정보일 것입니다."

단하에 시립하듯이 서 있는 뇌룡문의 대총관이 단상의 태사의에 앉아 있는 뇌룡문주에게 정중하게 보고했다.

"역시 개방(丐幇)의 정보망인가?"

"그렇습니다. 개방 방주가 직접 소식을 갖고 왔습니다."

"음. 그렇다면 확실한 정보겠군."

무림 최고, 최대의 정보망을 자랑하는 개방이 뇌룡문의 눈과 귀 역할을 해주고 있었다.

유구한 천 년의 역사를 자랑하는 뇌룡문의 제삼십육대 문주인 뇌룡도황(雷龍刀皇) 담무혁(潭武赫)은 오십오 세의 나이가 무색할 정도로 당당한 체구이며 용맹한 외모를 지니고 있었다.

담무혁은 약간 고개를 갸웃거리며 말했다.

"그런데 어째서 절대신검이 개방의 이목에는 띄지 않고 혈룡궁에게 노출된 것인지 모를 일이군."

대총관은 자신이 대답할 말이 아니라서 잠자코 있었다.

의문은 의문일 뿐이고, 지금은 그보다 더 중요한 일이 있었다.

담무혁의 얼굴이 서서히 붉게 달아올랐다. 가슴속에서 커다란 감격과 의기가 들끓고 있었기 때문이다.

"혈룡궁이 절대신검을 발견하고 움직이는 것이 분명하다면, 드디어 삼백 년 만에 태문주(太門主)님께서 출현하신 것이로군."

"그렇습니다. 꼭 삼백 년 만의 출현이십니다."

담무혁은 흥분을 가라앉히려고 애쓰며 진중히 말을 이었
다.

"혈룡궁이 태문주의 행방을 찾고 있다는 것은 이미 마도오
세 전체가 태문주의 출현을 알고 있으며 또 행동을 개시했다
는 뜻일 게야."

일순 담무혁과 대총관의 얼굴에 심각한 표정이 떠올랐다.

"혈룡십마제 중에서 누가 나섰는가?"

"적마제(赤魔帝)와 옥마제(玉魔帝) 두 명이 혈룡궁을 떠나
북상하고 있는 중인데, 아마 낙양성이 목적지일 것 같다는 보
고입니다."

"하면, 태문주께서 낙양성에 계시다는 뜻인가?"

"그런 것 같습니다."

"놈들이 태문주에 대해서 무엇을 알고 있는지 낱낱이 알아
내라고 호천신개(壺天神丐)에게 전하라."

담무혁은 개방 방주인 호천신개를 마치 수하를 부리듯 하
고 있었다.

즉시 무릎을 꿇은 대총관의 머리 위로 담무혁의 명령이 계
속 이어졌다.

"천검사호문(天劍四護門)의 다른 삼문(三門)에 즉각 이 사실
을 알리고 낙양성으로 전력(戰力)을 투입하라 전하게."

이어서 담무혁은 벌떡 일어나 성큼성큼 방문을 향해 걸어
가며 납덩이처럼 굳은 표정으로 중얼거렸다.

"무슨 일이 있어도 놈들보다 우리가 먼저 태문주를 찾아내
야만 한다."

대총관이 조심스럽게 일어나 담무혁을 따르며 물었다.

"낙양성으로 가시겠습니까?"

척!

담무혁은 방문을 활짝 열고 나갔다.

"물론이다. 즉시 뇌룡백도(雷龍百刀)를 준비시켜라."

第二十四章

대정숙(大正宿)

대사부

먼저 눈을 뜬 사람은 하여상이다.

그리고 그녀가 가장 먼저 발견한 사람은 자신의 품 안에서 곤히 잠들어 있는 기개세였다.

어젯밤에 천궁신결의 구결을 몇 번이나 설명해 주다가 둘 다 그냥 잠이 들었던 모양이다.

하여상은 유석과 유정이 어렸을 때에도 지금 기개세처럼 품에 안아서 재우곤 했었다.

그녀는 지금 새로운 아들 유영을 얻어 그에게도 애정을 쏟는 과정을 답습하고 있는 것이며, 이렇게 해서 진짜 아들이 된다는 생각이었다.

새로운 아들 덕분에 낙성검가가 까마득한 밑바닥 음지에서 한순간에 햇볕이 쨍쨍한 양지로 올라섰다.

솔직히 하여상은 유석이나 유정만큼 기개세에게도 사랑을 느끼고, 또 기대를 걸고 있다.

배 아파서 나은 진짜 자식은 아니지만 마음이 가는 것은 어쩔 수 없는 일이었다.

그녀는 더할 수 없이 사랑스러운 표정을 지으며 손을 뻗어 기개세의 머리카락을 부드럽게 쓰다듬었다.

"움……."

그 바람에 기개세가 깨어 부스스 눈을 떴다.

"깼니?"

"엄마……."

기개세는 하여상의 품에서 얼굴을 떼고 눈을 깜빡이면서 잠시 정신을 차리는 듯하더니 입을 열었다.

"하나 물어볼 게 있어."

하여상은 온화한 미소를 지으며 그의 뺨을 쓰다듬었다.

"무엇이든 물어봐라."

기개세는 몸을 쭉 펴서 하여상과 마주 보는 높이에서 물었다.

"엄마에게 예전에 유영이라는 아들이 있었어?"

"……."

그러자 하여상의 몸이 움찔 떨리며 갑자기 얼굴에 슬픔이 가득 몰려들었다.

기개세는 괜한 것을 물어서 그녀를 슬프게 만들었다는 생각에 손을 뻗어 그녀의 뺨을 어루만졌다.

"미안해, 엄마. 신경 쓰지 마. 못 들은 것으로 해."

"아니다. 때가 되면 말해주려고 했었는데… 네가 먼저 물으니까 외려 잘됐다 싶은 생각이 드는구나."

하여상의 눈에 눈물이 그렁그렁 고였다. 그런데도 눈빛과 입술로는 미소를 지었다.

"유영. 영아는 내 둘째 아들이었단다. 십칠 세이며 살아 있다면 지금 너하고 동갑내기지."

'살아 있다면?'

갑자기 기개세의 심장이 조그맣게 오그라들었다.

"큰아이 석아는 침착하고 막내 정아는 냉정한 성격인 데 반해서 둘째 영아는 너처럼 명랑하고 순수하며 정이 많은 아이였단다. 그래서 너를 보고 있노라면 영아를 보는 듯한 착각에 빠지곤 한단다."

기개세는 지금은 자신이 기개세가 아닌 유영이 된 것 같은 생각이 들었다.

"영아는 몰락한 우리 가문을 일으키려고 무던히도 애를 많이 썼단다. 신분을 숨기고 광화현에 가서 허드렛일이나 험한 일을 하여 꼬박꼬박 돈을 모아 제법 큰돈이 되면 어미에게 불쑥 내밀어서 놀라게 하곤 했었지."

하여상의 입김이 기개세에게 소록소록 끼쳐 왔다. 그리고 설명할 수 없는 슬픔도 그 입을 통해서 흘러나와 기개세의 입으로 들어갔다.

"영아는 집에서도 한시도 가만히 있지 않았단다. 산에 가서 나무를 해오고, 나물이나 열매도 따오고, 산짐승을 잡아오기도 했지. 우리 가족이 끼니를 굶지 않았던 것은 모두 영아 덕분이었어."

그때 하여상은 숨을 흐윽! 하고 들이켰다. 이제부터 하게 될 말 때문인 듯했다.

기개세는 그녀가 가엾다는 생각이 들었다. 하지만 말을 그만두게 하지는 않았다.

자신이 가짜 역할을 하고 있는 둘째 아들에 대해서 꼭 알고 싶었기 때문이다.

그는 하여상을 위로하고 용기를 북돋기 위해서 묵묵히 그녀를 좀 더 가깝게 바짝 끌어안았다.

그것이 하여상에겐 큰 위안이 된 듯 마음을 안정시키더니 다시 설명을 이었다.

"그날도 영아는 산짐승을 잡으려고 산으로 갔었지. 그러나 밤이 늦도록, 다음날 아침이 되도록 그 아이는 돌아오지 않았단다."

기개세는 자신이 둘째 아들 유영이라도 된 것처럼 긴장하여 귀를 세웠다.

"결국 나와 석이, 정아 셋이서 산으로 영아를 찾으러 갔고 온 산을 헤맨 끝에… 깊은 골짜기 아래에 죽어 있는 그 아이를 발견했단다."

"죽었다고?"

기개세는 억장이 무너지는 기분을 맛보았다. 흡사 자신이 죽음을 당한 듯한 느낌이었다.

대경실색한 하여상 등 세 사람은 골짜기 아래로 내려가 유영의 시신을 부여안고 통곡을 하였다.

정신을 가장 먼저 수습한 유석이 아우의 시신을 살펴보니까 온몸이 성한 곳 없이 갈가리 찢겨져 있었다. 그것은 누가 보더라도 맹수에게 당한 몰골이었다.

그러나 그는 이상한 생각이 들었다. 유영은 무공이 출중하여 한낱 맹수 따위에게 당할 리가 없기 때문이다.

그래서 더 자세히 시신을 살펴보고 나서야 심장과 목, 옆구리에서 특이한 상처를 발견할 수 있었다.

그 상처들은 필경 도검에 찔린 것이었다. 즉, 유영은 누군가에게 도검으로 죽임을 당한 후에 살인을 은폐하려는 목적으로 맹수에게 당한 것처럼 보이게 하려고 일부러 시신을 갈가리 찢어발긴 것이었다.

찔린 세 군데 상처의 모양은 똑같은 형태이면서도 특이했다.

검첨이 기이하게 흔들리면서 몸을 찔렀는지 상처가 꼭 꽃

송이가 활짝 핀 모양을 하고 있었다.

그렇지만 그것뿐이었다. 그 외에 아무런 단서도 흔적도 남아 있지 않았다.

이름 모를 깊은 골짜기에 내던져 있던 유영의 처참하게 찢겨진 몸뚱이밖에는.

갑작스런 유영의 죽음은 남은 가족에게 지워지지 않을 깊은 화인(火印)을 새겨놓았다.

또한 죽은 유영을 위해서 자신들이 해줄 수 있는 일이 아무것도 없다는 사실, 즉 끝없는 무력감을 맛보며 끝없는 나락으로 침잠했다.

남은 가족은 유영의 복수는커녕 흉수가 누구인지조차도 알아내지 못했다.

낙성검가의 차남 유영은 그렇게 속절없이 십칠 세의 짧은 생을 마쳤으며, 그의 장례식에는 가족 세 명만이 참석했을 뿐이었다.

사람들에게 알리고 싶지도 않았으며, 알린다고 해도 올 만한 사람도 없었다.

유영이 죽고 두어 달쯤 지났을 때, 낯선 사람이 나타나서 은자 십만 냥을 낼 테니 십칠 세 소년 한 명을 낙성검가의 양자로 삼아 대정숙에 입교시켜 달라는 청탁을 해왔다.

유석과 유정은 강경하게 반대했다. 죽은 유영의 이름을 더럽힐 수 없다는 것이 이유였다.

하지만 하여상은 오랜 숙고 끝에 결국 청탁을 수락했다.

다른 이유는 없었다. 오로지 은자 십만 냥 때문이었다.

"꽃잎 모양의 찔린 상처였다 그거지?"

긴 설명을 다 듣고 난 기개세는 어금니를 악물고 입속으로 웅얼거리듯이 말했다.

하여상은 대답하지 않고 기개세의 가슴에 얼굴을 묻은 채 하염없이 흐느끼기만 했다.

그러다가 알아듣기 어려운 불분명한 발음으로 흐득거렸다.

"어미는… 너를 영이라고 믿는다……. 너는 내 아들이야……."

그녀는 기개세를 놓치지 않겠다는 듯 두 팔로 등을 힘주어 끌어안고 가슴에 얼굴을 비볐다.

기개세는 아무 말 하지 않고 그녀의 머리를 부드럽게 쓰다듬기만 했다.

"너는 이제 집으로 돌아가라."

자신의 거처로 돌아온 기개세가 소랑을 불러 앞에 앉혀놓고 차분하게 말했다.

그러나 소랑은 작은 입술을 더 작게 만들어 꼭 다문 채 아무 말도 하지 않았다.

기개세는 그녀가 왜 대답을 하지 않는지 알고 있었다. 자신이 어디를 가든 따라가겠다는 뜻이다. 설혹 그곳이 대정숙이라 할지라도 말이다.

기개세는 소랑이 자신의 말을 듣지 않을 것을 잘 알고 있었다. 무시해서가 아니라 사부인 요미선의 명령이 너무 지엄하기 때문이다.

기개세가 그녀를 억지로 떼어내거나 꼼수를 써서 집으로 돌아가게 만들 수는 있겠으나, 그리되면 그녀는 요미선에게 치도곤을 당할 것이다.

결국 기개세는 귀찮은 듯 손을 내저었다.

"마음대로 해라. 그러나 대정숙 내에서 누구에게 발각되더라도 나하고 너는 생판 모르는 사이다."

"알았어요."

그제야 소랑은 배시시 미소 지으면서 고개를 끄덕였다.

기개세는 일어나서 나갈 채비를 했다.

오늘은 팔월 초하루. 드디어 대정숙에서 생도 선발시험을 치르는 날이다.

입숙(入宿) 시각이 정오니까 지금쯤 나가서 아침 식사를 하고 나서 가족들과 시간을 보내다가 출발하면 될 것이다.

"대공자."

그때 소랑이 낮게 그를 불렀다. 목소리만으로도 심각한 내용을 말할 것이라는 느낌이 풍겨졌다.

그런데 기개세는 듣지 못한 듯 그냥 방문으로 걸어갔다.

“대공자.”

소랑이 두 번째 부르는데도 내처 걸어가서 방문을 열었다.

그녀는 어쩔 수 없다는 듯 가볍게 한숨을 내쉬고는 세 번째로 불렀다.

“오빠.”

그러자 기개세는 뚝 멈추고 빙그레 미소 짓는 얼굴로 뒤돌아보았다.

“왜 그래, 랑아?”

예전 어려서 같이 한 몸처럼 어울려서 놀 때에는 소랑이 ‘오빠’ 라고 부르고 그는 ‘랑’ 이라고 불렀다.

“할 말이 있어요.”

“뭔데?”

호칭에는 마력이 깃들어 있다. 옛날의 호칭을 부르면 감정이 자연스럽게 어린 시절로 되돌아가기 때문이다.

기개세가 탁자 앞 의자에 앉자 자그마한 체구의 소랑은 스스럼없이 그의 무릎에 엉덩이를 붙이고 앉아 목에 팔을 두르며 말을 이었다.

“본 련에서 고수들을 보내 낙성검가를 몰살시키려고 한 일이 있었어요.”

“뭐어? 그게 정말이야?”

기개세는 눈을 동그랗게 뜨며 놀랐다.

소랑은 하여상 일가가 낙성검가를 출발하자마자 사도구련 총련의 육사련군 휘하 제십칠로가 급습했던 일과 위기에 빠진 하여상 일가를 자신이 구해주었던 일을 자세히 설명해 주었다.

애기를 다 듣고 난 기개세의 얼굴이 보기 싫게 일그러졌다.

"빌어먹을! 그 노친네가 왜 그렇게 유치하게 구는 거야?"

어젯밤에는 무식하게 용감하기만 한 부친도 알고 보면 다 기개세 자신을 위해서 그러는 것이라고 애써 이해를 했던 마음이 소랑의 말을 듣고 나자 한순간에 와르르 사라져 버렸다.

그는 소랑의 설명을 듣고 나서 일이 어떻게 된 것인지 즉시 깨달았다.

기개세가 대정숙으로 출발하고 난 후에 낙성검가를 몰살시켜서 그가 가짜 낙성검가 출신이라는 사실을 영원히 비밀로 묻어버리려는 속셈인 것이다.

소랑은 그 사실을 기개세에게 말한 것을 추호도 후회하지 않는 표정이다.

누가 뭐래도 그녀는 기개세 사람이다. 서너 살 어린 시절부터 한 번도 그 사실을 망각해 본 적이 없다.

기개세는 입술을 잘근잘근 깨물면서 뭔가 곰곰이 생각하더니 이윽고 소랑의 머리를 쓰다듬으며 빙그레 미소 지었다.

"잘했다. 네가 큰일을 해냈다."

그는 하여상과 유석, 유정을 정말 좋아한다. 무지몽매했던 그는 그들에게 비로소 가족과 예절에 대해서 배웠으며, 그들을 정말 가족처럼 느끼고 있었다.

그런데 만약 부친이 보낸 사도고수들에 의해서 하여상 일가가 몰살을 당했다면, 그리고 그 사실을 나중에 기개세가 알게 되었다면 그는 부친에게 무슨 짓을 할지도 모른다.

그런 점에서 소랑은 엄청나게 크게 번질지도 모르는 불씨를 미연에 발견해서 꺼준 은인인 것이다.

기개세의 칭찬에 소랑은 얼굴을 붉히면서 고개를 그의 어깨에 기대고 사르르 행복한 표정을 지었다.

요미선을 사부로 모시고 지난 육 년 동안 고혈을 짜내는 것보다 더 힘겨운 무공 연마의 세월을 보낸 그녀는 마침내 사부로부터 오욕칠정이 완전히 소멸됐다는 말을 들었었다.

사실 현재의 그녀는 어떤 상황에 처하든, 누구 앞에서든 피도 눈물도 없는 무심, 무정을 유지할 수 있었다.

그렇지만 기개세에게는 통용되지 않는다.

왜냐하면, 그는 기개세니까.

"랑아."

"네?"

"너 혹시 검을 찌르면 꽃잎 같은 상처가 생기는 검법을 알고 있느냐?"

소랑은 빨간 눈동자를 이리저리 굴리면서 생각하다가 고개를 가로저었다.

"그런 검법은 모르겠어요."

"음. 그래?"

하여상의 둘째 아들 유영의 시신에서 검에 찔린 꽃잎 모양의 상처가 세 군데 발견됐다고 했다.

방금 소랑의 설명을 듣는 순간 기개세는 한 가지 불길한 생각이 퍼뜩 뇌리를 스쳤다.

낙성검가 사람들을 죽여서 입을 막으려는 머리를 쓸 줄 아는 사도구련 총련 사람들이라면, 유영을 죽여서 그 빈자리에 기개세를 넣으려는 흉계 정도는 아무렇지도 않게 꾸밀 수 있지 않았을까 하는 생각이 든 것이다.

"혹시 사도구련에 그런 검법을 쓰는 자가 없을까?"

기개세가 혼잣말처럼 중얼거리자 소랑은 얼굴빛을 흐렸다.

"저는 사도구련 무공을 잘 몰라요."

"그렇군."

이것은 지금 당장 해결될 문제가 아닌 듯했다.

그러나 만약 기개세 부친의 명령으로 유영이 죽은 것이라면 얘기가 크게 달라진다.

그게 사실이라면 기개세 때문에 유영이 죽은 것이며, 기개세는 낙성검가의 은인이 아니라 원수가 되는 것이다.

그런 생각을 하자 기개세는 마음이 납덩이처럼 무거워졌
다.

지금 상황으로는 자신의 추측이 거의 확실하다고 생각하
기 때문이다.

*   *   *

기개세와 유석, 유정, 하여상은 정오에서 반 시진쯤 일찍
대정숙 전문 앞에 도착했다.

"어서 들어가거라."

하여상이 세 사람을 독촉했으나 아무도 선뜻 발걸음을 떼
어놓지 못했다.

단 하루도 모친과 떨어져 있어본 적이 없는 유석과 유정은
애잔한 표정으로 하여상을 바라보았다.

병든 부친을 돌보고, 낙성검가를 일으키는 큰일을 모친 혼
자에게 떠맡기고 떠나는 것이 못내 안타까웠다.

기개세는 두 사람과는 또 다른 심정으로 하여상과의 이별
을 아쉬워하고 있었다.

그에게 가족의 소중함과 가족 간의 애정과 믿음 같은 것들
을 가르쳐 준 사람이 하여상이다.

그리고 그것으로 인하여 그와 하여상은 긴밀한 관계가 형
성되었다. 그는 양어머니와의 이별이라기보다는 가족과의

이별처럼 여겨졌다.

하지만 어차피 한동안은 떨어져 있어야만 한다. 또한 영원한 이별도 아니다.

"어머니, 형하고 정아는 내가 잘 돌볼 테니 염려 마세요."

기개세는 하여상 앞으로 다가가 빙그레 웃으며 말했다.

예전 같으면 어림도 없는 말이라고 생각했겠지만, 지금은 하여상이나 유석, 유정 아무도 기개세의 말에 웃지 않았다. 은연중에 유석과 유정은 기개세를 의지하게 되었다.

하여상은 기개세의 손을 잡고 그와 유석, 유정을 두루 바라보며 당부했다.

"한 달 후에 만나자꾸나."

시험에 통과하면 첫 외출이 한 달 후에 있기 때문이다.

물론 시험에 통과하지 못하면 한나절 후에 보게 되겠지만, 하여상은 그럴 리가 없다고 확신했다.

"후우……."

유석과 유정은 대정숙 전문을 바라보면서 거의 동시에 크게 심호흡을 했다.

하지만 기개세는 마치 친구 집에 놀러 가는 것처럼 조금도 긴장하는 모습이 아니었다.

세상에서 그가 긴장할 일은 그다지 많지 않을 것이다. 타고난 배포가 워낙 크기 때문이다.

이윽고 세 사람은 기개세를 선두로 대정숙 전문을 향해 걸어갔다.

전문 앞에는 대정숙의 경계와 질서를 담당하는 황의경장에, 가슴에 '정경(正經)'이라는 두 글자가 수놓아진 정경고수(正經高手) 두 명이 양쪽에 우뚝 서 있었다.

전문 앞에 이르러 유석과 유정은 하여상을 돌아보는데 기개세는 그대로 전문 안으로 들어가 버렸다.

세 사람이 안으로 들어가자 기다리고 있던 한 명의 정경고수가 그들을 안내했다.

하여상은 전문이 닫히고서도 그 자리를 떠나지 않고 계속 바라보고 있었다.

선시원(選試院).

세 사람이 안내된 삼 층의 커다란 전각의 현판에는 그렇게 적혀 있었다. 즉, 그곳은 대정숙에 입교할 지원자들이 시험을 보는 곳이었다.

저벅저벅.

대전으로 들어서는 네 사람의 발자국 소리만 공허하게 허공을 울렸다.

앞서 걷던 기개세가 뒤돌아보니 나란히 따라오는 유석과 유정의 얼굴이 극도의 긴장으로 팽팽하게 굳어 있었다.

기개세는 천천히 걸으면서 유석과 유정이 자신의 좌우에서 걷도록 하고는 보조를 맞추어 나란히 걸었다.

그는 유석의 어깨에 팔을 걸치고 다독거리는 한편, 다른 손으로는 유정의 엉덩이를 슬슬 쓰다듬었다.

그 행동에 유석과 유정은 즉시 긴장이 풀려서 동시에 기개세를 쳐다보았다.

그러나 유석은 마음이 훈훈해져서 긴장이 풀린 반면에 유정은 발끈 화가 나서 긴장이 풀렸다는 점이 다르다.

하지만 유정은 아무 행동도 취하지 않았다. 앞서 가고 있는 정경고수 때문이 아니라, 기개세의 의도를 짐작할 수 있었기 때문이다.

기개세는 유정의 엉덩이를 쓰다듬던 손을 그녀의 얼굴 앞으로 들어 올리면서 불쑥 엄지손가락을 치켜세웠다. 그리고는 말소리가 나지 않게 입술로만 달싹거렸다.

그 입술은 이렇게 말했다.

'네 엉덩이 최고다!'

유정은 얼굴이 새빨개졌다. 긴장은 완전히 풀렸으나 그 자리를 분노와 부끄러움이 채웠다.

세 사람이 들어선 곳은 매우 넓은 방이었으며 이미 오십여 명의 소년, 소녀들이 모여 있었다.

그들은 나무 바닥에 여기저기 흩어져서 앉아 있었는데, 흐트러진 자세는 한 명도 없고 모두 책상다리나 가부좌로 꼿꼿하게 앉아서 운공조식이나 명상에 잠긴 모습이었다.

문이 열리고 기개세와 유석, 유정 세 사람이 실내에 들어섰는데도 쳐다보는 사람은 몇 명에 불과했다.

기개세 등은 입구에 서서 실내를 둘러보았다.

하나같이 명문가의 자제들답게 준수하고 아름다우며 출중한 소년, 소녀들이었다.

유석과 유정은 광화현 시골을 벗어난 적이 없으므로 다른 명문가 사람들을 알 리가 없다.

안다고 해봐야 광화현에서 남쪽으로 백오십여 리 떨어진 번성현(樊城縣)의 승건문(昇乾門) 사람들 정도인데, 그곳 자제는 이미 작년에 대정숙에 입교를 했다.

그때 문득 기개세의 시선이 한곳에 멈추더니 얼굴에 반가운 표정이 가득 떠올랐다.

그가 쳐다보는 곳에는 눈처럼 흰 백의를 입고 검파에 선명한 무지개 무늬가 감도는 검을 어깨에 멘 소옥군이 가부좌로 앉아서 지그시 눈을 감고 있었다.

그런데 특이한 것은 소옥군 주변 이 장 이내에는 아무도 가까이 앉아 있지 않다는 사실이었다.

또 하나는 그녀를 중심으로 멀찌감치 빙 둘러앉아 있는 사람들 중에 여자는 한 명도 없었다.

명상에 잠겼거나 운공조식을 하는 것처럼 보이는 그들을 기개세가 살펴보니, 그들 중에 몇 명이 실눈을 뜨고 힐끗힐끗 소옥군을 훔쳐보는 것이 아닌가.

아니, 기개세가 조금 더 시간을 두고 지켜보니까 그 몇 명뿐만이 아니라 소옥군 주변에 있는 소년들 거의 모두가 시간 차를 두고 그녀를 훔쳐보고 있었다.

기개세는 소년들이 왜 소옥군에게서 멀찍이 떨어져 있는지 이유를 깨달았다.

소옥군이 너무 아름다워서 가까이 다가갈 용기가 없기 때문인 것이다. 그러면서도 그녀 주위에 몰려 있는 것은 그녀를 훔쳐보기 위해서다.

기개세의 시선이 소옥군의 머리에 고정되었다.

그녀는 머리를 틀어 올린 우아한 모습이었는데, 머리에 기개세가 선물한 비취쌍조잠이 눈부시게 빛나고 있었다.

그것을 발견한 기개세는 왠지 가슴이 뿌듯하고 흡족했다. 마치 소옥군이 정말 자신의 여자 같다는 생각이 들었다.

그때 빈자리를 찾은 유석이 기개세와 유정의 옷자락을 살짝 잡아당겼다.

그러나 기개세는 두 사람에게 따라오라고 손짓을 하고는 소옥군을 향해 성큼성큼 걸어갔다.

유석과 유정은 실내를 한차례 둘러보다가 이미 소옥군을 발견하고 그녀의 아름다움에 적잖이 놀랐었다.

그런데 기개세가 갑자기 그녀에게 걸어가자 깜짝 놀라 몸이 뻣뻣해졌다.

그가 소옥군에게 또 무슨 몹쓸 장난을 치려는 것은 아닌가 하고 오해를 한 것이다.

유석이 기개세를 만류하려고 급히 뒤따라갔으나 한 걸음 늦고 말았다.

기개세가 소옥군 옆에 멈춰 서더니 허리를 잔뜩 굽히고 그녀의 백옥 같은 뺨으로 입술을 가져가고 있었다. 어떻게 해볼 새도 없이 일을 저지르고 있는 것이다.

'저… 저…….'

유석은 혼비백산했고 유정은 차마 볼 수가 없어 고개를 돌려 버렸다.

쪽!

그때 바늘 하나 떨어지는 소리까지 들릴 정도로 조용한 실내의 적막을 깨는 어떤 소리가 들렸다.

소옥군의 주변에서 실눈을 뜨고 있던 소년들도, 조금 전에 몰래 훔쳐봤던 소년들도, 그리고 멀찍이 떨어져 있던 모든 소년, 소녀들이 일제히 눈을 뜨고 의아한 표정으로 소리가 들려온 곳을 주시했다.

그 순간 유석과 유정의 뇌리에 가장 먼저 떠오른 생각은, 아니, 직감은 기개세 때문에 자신들 모두가 시험도 치러보지 못하고 쫓겨날지도 모른다는 사실이었다.

유석과 유정은 눈앞이 캄캄해졌다. 그리고 자신들이 어째서 기개세를 제대로 단속하지 못했는지 후회가 밀려들었다.

그런데 그때 괴변이 일어났다. 그것은 괴변이라고밖에는

설명할 방법이 없었다.

"아! 유 소협."

깜짝 놀라서 눈을 뜬 소옥군이 기개세를 발견하더니 얼굴 가득 반가운 표정을 떠올린 것이다.

"군아, 오빠 오래 기다렸어?"

그제야 그녀는 기개세가 자신의 뺨에 입을 맞추었다는 사실을 깨닫고 얼굴을 발그레 붉혔다.

그리고 그가 스스로를 '오빠'라고 하자 곱게 눈을 흘겼으나 뭐라고 하지는 않았다.

"몸은 괜찮아요?"

소옥군이 기개세의 안색을 살피면서 묻자 그는 그녀 옆에 털썩 앉아서 엉덩이를 툭툭 두드리며 껄껄 웃었다.

"하하하! 네가 살려준 목숨인데 잘 간수해야지. 암!"

그 광경을 보고 있는 유석과 유정 이하 모든 소년, 소녀들은 자신들의 눈을 믿지 못할 정도로 놀라는 표정을 지었다.

소옥군은 이제는 슬슬 자신의 엉덩이를 쓰다듬기 시작한 기개세의 손을 살며시 잡고는 그의 눈을 똑바로 응시하며 전음입밀의 수법으로 말했다.

[그러지 마세요. 사람들이 보잖아요.]

기개세는 그녀가 전음입밀을 한다는 사실에 적이 놀랐다. 하지만 그녀가 '사람들이 보잖아요'라고 한 말에 홀려서 놀라움이 상쇄되었다.

그는 그 말을 '사람들이 안 볼 때는 만져도 괜찮아요'라고 비뚤어진 자신만의 상식으로 알아들었다.

"알았어."

그는 헤벌쭉 웃으면서 대답하고는 엉거주춤 서 있는 유석과 유정에게 가까이 오라고 손짓을 했다.

"형, 정아, 이리 와. 소개해 줄 사람이 있어."

소옥군은 쭈뼛거리면서 다가오는 두 사람을 보며 자리에서 일어나 옷매무새를 가다듬었다.

기개세는 아직도 정신을 수습하지 못하고 있는 유석과 유정을 가리키며 소옥군에게 소개했다.

"군아, 형하고 여동생이야."

유석과 유정은 당황해서 급히 포권지례를 했다.

"유석이라고 합니다."

"유정이에요."

소옥군은 화사하게 미소 지으면서 두 사람과 기개세를 차례로 보았다.

"이 자리에서 세 분을 모두 보게 되다니 반가워요."

뭐라고 형언하기 어려울 정도로 감미로운 옥음에 실내의 모든 사람들은 몽연한 표정이 되었다.

말하는 꽃이 있다더니 소옥군이야말로 해어화(解語花)였다.

낙성삼검이라는 말에 유석과 유정은 몸둘 바를 몰라 하며 적잖이 당황했다.

광화현에서만 알려져 있는 별호를 설마 소옥군이 알고 있을 줄은 몰랐다.

실내에 있는 거의 대부분의 소년, 소녀들은 낙성삼검이라는 별호를 처음 들었다.

하지만 소옥군에게 정신이 팔려 있어서 그런 것에는 조금도 신경을 쓰지 않았다.

유석과 유정은 소옥군처럼 아름다우면서도 격조 높은 소녀가 대체 누군지 몹시 궁금했다.

아니, 기개세를 제외한 실내의 모든 사람들이 궁금하게 여겨 눈도 깜빡이지 않고 그녀를 빤히 주시했다.

소옥군은 유석과 유정에게 포권을 해 보이며 사운거리는 목소리로 자신을 소개했다.

"소녀는 항주 운예문의 소옥군이에요."

그러자 실내 여기저기에서 크게 놀라는 외침이 터져 나왔다.

"앗! 천궁선이다!"

"맙소사! 강남천궁을 이곳에서 보게 되다니!"

"오오! 강남제일미녀인 천궁 소저라니……."

실내에 있던 오십여 명 모두가 일어나 우르르 기개세와 소옥군의 주위로 몰려들었다.

유석과 유정의 놀라움은 이만저만한 것이 아니었다.

두 사람이 광화현 시골에서 살았지만 무림을, 아니, 천하를 위진시키고 있는 두 명의 절세미녀인 강남천궁과 강북천봉을 모른다는 것은 말이 되지 않는다.

실내에 갑자기 큰 소요가 일어나자 소옥군은 아차 하는 표정을 지었다.

전에도 이런 일이 몇 차례 있었는데 그때마다 그 상황을 모면하느라 고역을 치렀고 부랴부랴 다른 곳으로 피했었다.

그런데 지금은 어디로 피하지도 못하는 상황이다. 기개세를 만난 반가움에 예전의 곤욕을 깜빡 잊어버렸다.

대부분의 여자들은 많은 사람들이 자신의 아름다움을 봐주고 칭송해 주기를 원하지만 소옥군은 전혀 반대였다.

어려서부터 천상의 아름다움을 지니고 있던 그녀는 만나는 모든 사람에게 질리도록 칭송을 받으며 성장했었다.

그녀는 그런 것이 너무 싫었다. 사람의 아름다움은 겉모습이 아니라 내면에 있다고 믿기 때문이다.

믿기 어려운 일이지만, 지금껏 그녀의 외모가 아닌 내면을 아름답다고 말해준 사람은 아무도 없었다.

그때 기개세의 한마디가 즉시 소요를 가라앉혔다.

그는 한 팔을 소옥군의 조그맣고 가녀린 어깨에 두르고 자신의 가슴에 구겨 넣듯이 와락 끌어당기면서 의기양양하게 웃었다.

"하하하! 형, 어때? 군아, 얘 내 여자야!"

순간 술렁거리던 실내가 갑자기 쥐 죽은 듯이 고요해졌다.

유석과 유정을 비롯한 모든 사람들은 불신이 가득한 표정으로 기개세와 소옥군을 주시했다.

강남천궁이 절세미녀면 무엇 하는가. 이미 임자있는 몸이라면 그만큼 가치가 떨어질 수밖에 없는 일이다.

기개세의 갑작스런 말에 숫기없는 소옥군은 얼굴이 빨개져서 어쩔 줄 모르고 당황했다.

기개세가 설마 이 많은 사람들 앞에서 그런 말을 할 줄은 예상하지 못했다.

그렇지만 그녀는 구태여 그건 사실이 아니라고 부인하지 않았다.

그녀는 정파 최고의 학식과 무공을 배우러 대정숙에 온 것이지 연애나 하려고 온 것이 아니다.

그러므로 기개세의 한마디가, 아니, 그의 존재가 오히려 대정숙에서 앞으로 남자들이 그녀를 귀찮게 하는 것을 막아주는 역할을 해준다면 그리 나쁠 것도 없다는 생각이었다.

그녀는 사람의 내면을 들여다볼 줄 아는 심미안(審美眼)을 가지고 있었다.

그녀가 보기에 기개세는 짓궂게 장난을 좋아해서 그렇지 결코 나쁜 사람이 아닌 것 같았다.

그가 과도한 애정 표현을 하던가 또 장난을 치는 것은 얼마

든지 대처해 나갈 자신이 있었다.

그런 생각을 하면서 소옥군은 기개세의 품에서 살며시 빠져나왔다.

그렇다고는 하지만 기개세의 느닷없는 돌발행동은 그녀를 자주 놀라게 만든다.

이날까지 남자 손조차 잡아본 적이 없는 그녀이기에 지금 같은 상황에서는 얼굴이 붉어지고 부끄러울 수밖에 없다.

그때 문득 그녀는 기개세가 일사병으로 쓰러져 있을 때의 일들이 생각났다.

그때 그녀는 기개세의 옷을 벗기고 나서 속곳 속에 뱀이 똬리를 틀고 있는 줄 알고 뱀 대가리를 잡고 있는 힘껏 뽑아버렸었다.

이후 기개세가 어기적거리면서 걷는 모습을 볼 때 얼마나 가슴이 아팠는지 아무도 모른다.

그리고 그때 그 일만 있었던 것이 아니다. 탈수로 인해서 죽어가는 기개세에게 마시게 한 물이 무엇인지는 오직 그녀와 하늘만 알고 있는 사실이다.

유석과 유정은 완전히 넋이 나간 표정이었다. 설마 했는데, 기개세가 소옥군을 자신의 여자라고 떵떵거리는데도 그녀는 얼굴을 붉히며 가만히 있지 않는가.

"유 형."

그때 사람들 틈에서 진운상이 모습을 드러내며 기개세에

게 반가운 얼굴로 다가왔다.

"진 형!"

헤어진 지 며칠밖에 되지 않았지만 두 사람은 서로를 반갑게 부르며 얼싸안듯이 두 손을 마주 잡았다.

"진 소협."

기개세 옆에 서 있는 소옥군이 반가운 듯 방그레 미소를 짓자 진운상은 얼굴을 확 붉혔다.

"처, 천궁 소저, 또 만났군요."

"네."

기개세가 진운상 어깨에 팔을 두르며 친근하게 물었다.

"지금 온 거야?"

"아니, 아까 왔소."

기개세는 진운상을 나무랐다.

"일찍 왔으면 군아하고 함께 있지 왜 군아를 심심하게 혼자 놔뒀어?"

"미… 안하오."

원래 두리번거리는 성격이 아닌 소옥군은 진운상을 보지 못했으나, 진운상은 모든 사람들의 시선을 한 몸에 받는 그녀를 한눈에 알아보았다.

그러나 용기가 없어 다가서지 못하고 멀찍이 떨어진 곳에서 눈을 감고 명상을 하고 있다가 기개세를 보고는 용기를 내서 다가온 것이다.

"유 형, 이분들은……."

기개세는 까불고 떠드느라 미처 생각을 못하고 있었는데, 진운상이 유석과 유정을 가리켰다.

기개세는 그제야 서둘러 두 사람을 진운상에게 소개했다.

"내 형하고 여동생이야."

유석과 유정이 정중히 포권하며 인사했다.

"유석이오."

"유정이에요."

"진운상이오."

기개세는 진운상의 어깨에 걸친 팔에 힘을 주어 바싹 끌어당기면서 웃었다.

"하하! 진 형은 소림 장문인의 제자야."

그 말에 유석과 유정뿐만 아니라 실내의 모든 사람들이 또 한 번 크게 놀라는 표정을 지었다.

그들이 놀란 이유는, 진운상이 소림 장문인의 제자라는 엄청난 신분이라는 것도 있지만, 대정숙 내에서 가장 잘나가는 다섯 개의 파벌 중에 소림 파벌이 있기 때문이다.

그들 다섯 개 파벌은 구대문파와 무림팔대세가의 제자, 자손들로 구성되어 있었다.

대정숙의 훈련 과정은 그 무엇보다도 힘들고 어렵다고 정평이 나 있다.

그러나 그보다 생도들을 더욱 힘들게 하는 것은 총 십 등급으로 나뉜 대정십등(大正十等) 간의 엄격하기 짝이 없는 위계 질서와 규율이다.

그렇지만 대정십등을 쥐고 흔드는 다섯 개 파벌, 즉 오청반(五靑班)에 가입하면 대정숙 생활이 한결 편해진다. 선배들의 비호를 받기 때문이다.

그런 관점에서 봤을 때 소림 장문인의 제자인 진운상은 당연히 오청반의 선두를 다투는 임당아화(林當峨華)에 가입할 것이 분명하다.

第二十五章

첫 번째 관문

대정숙 생도 선발시험에 참가하러 온 긴장한 표정의 한 소녀가 조심스럽게 실내로 들어섰다.

그런데 그녀의 눈앞에 펼쳐져 있는 광경은 방금까지 기대하고 있던 모습이 아니었다.

실내에는 많은 소년, 소녀들이 대부분 서 있었고 복판을 중심으로 겹겹의 원을 형성한 광경이며 왠지 술렁거렸다.

그래서 소녀가 들어서고 있는 것을 발견한 사람은 아무도 없었다.

소녀는 무슨 일인가 싶어서 원의 바깥쪽으로 다가가 사람들의 틈새로 안쪽을 들여다보았다.

그리고 싱글벙글 웃고 있는 한 소년을 발견한 순간 소녀의 늘씬한 몸이 한차례 후드득 거세게 떨렸다.

'저놈!'

그때부터 그녀의 눈에는 아무것도 보이지 않았다. 머릿속에는 오로지 방금 발견한 소년을 자신의 손으로 죽여야 한다는 생각밖에 들어 있지 않았다.

소녀는 거칠게 사람들을 헤치고 안쪽으로 들어가며 날카롭게 외쳤다.

"너!"

기개세를 비롯한 모든 사람들의 시선이 외침을 터뜨린 소녀에게 집중됐다.

소녀를 쳐다보는 기개세는 고개를 갸우뚱했다.

'낯이 익은데… 어디서 봤더라?'

창!

"단칼에 죽여 버리겠다!"

그 순간 소녀가 느닷없이 어깨의 검을 뽑더니 득달같이 덮쳐 가면서 기개세의 머리를 쪼개려 들며 악에 받쳐 외쳤다.

거리가 워낙 가까웠고, 또 그녀가 공격할 줄은 예상하지 못했기에 기개세를 비롯한 진운상과 소옥군은 깜짝 놀라기만 할 뿐 어떻게 대처할 방법이 없었다.

쉬이익!

소녀의 새파란 검이 자신의 머리를 향해 세로로 내리그어

져 오는 것을 보며 그 순간 기개세는 소녀가 누군지 생각났
다.

'손진!'

그렇다. 그녀는 바로 기개세가 구화산에서 벌거벗겨 나무
에 매달아놓은 채 매질을 했던 안휘성의 벽검문 소문주인 손
진이었다.

이런 곳에서 그녀를 만날 줄은 눈곱만큼도 예상하지 못했
다.

그녀가 이곳에 있다는 것은 그녀도 대정숙에 입교하려고
왔다는 뜻이었다.

기개세는 놀란 얼굴로 손진의 분노한 얼굴만 쳐다볼 뿐 속
수무책이었다.

탁!

그때 옆에 서 있던 진운상이 급히 기개세의 어깨를 옆으로
확 밀었다.

삭!

미약한 음향과 함께 검이 기개세의 왼쪽 어깨 바깥쪽을 손
가락 두 마디 정도 살짝 베었다.

쿵!

세게 밀쳐진 바람에 기개세는 옆에 있던 소옥군과 한 덩이
가 되어 바닥에 엎어졌다.

"윽!"

“앗!”

공교롭게도 소옥군은 바닥에 깔려서 위를 보고 누웠고, 기개세는 그녀 위에 엎드린 자세가 되어버렸다. 즉, 서로 마주보고 얼싸안은 자세인 것이다.

소옥군은 기개세를 안고 넘어지는 바람에 둔부와 등에 묵직한 통증을 느끼느라 지금 상황에 대해서는 미처 생각할 겨를이 없었다.

“군아, 다치지 않았어?”

죽을 뻔했다가 겨우 살아난 기개세는 자신의 안위보다는 소옥군을 더 염려했다. 그의 얼굴에는 걱정 어린 기색이 역력했다.

소옥군은 반 뼘 거리의 기개세 얼굴을 보면서 가슴이 뭉클! 하는 작은 감동을 느꼈다.

그러나 감동은 곧 사라졌다. 기개세의 단단한 가슴이 자신의 풍만한 가슴을 짓누르고 있고, 또 그의 속곳 속에 감춰진 똬리 튼 커다란 뱀이 자신의 은밀한 부위를 강하게 찌르고 있는 것을 느꼈기 때문이다.

그녀는 얼굴이 새빨개져서 기개세의 양어깨를 두 손으로 떠밀다가 그 너머에서 손진이 재차 검을 찔러오는 것을 발견하고 깜짝 놀랐다.

“위험해요!”

순간 그녀는 기개세를 떠밀던 두 손으로 그를 꼭 끌어안으며 재빨리 몸을 굴렸다.

탁!

그리고 같은 순간에 진운상이 소림사의 소금강산수(小金剛散手)라는 수법을 발휘하여 손진의 오른손 손목을 짧게 가격하여 검이 날아가게 하고는 그녀의 손목을 움켜잡았다.

이번에는 기개세가 아래쪽에, 소옥군이 위에서 엎드린 자세가 되었다.

그렇지만 아무도 그 상황을 이상하게 여기지 않았다. 그럴 수밖에 없는 상황이었기 때문이다.

소옥군은 급히 일어나면서 기개세를 잡고 일으키다가 그의 왼쪽 어깨에서 피가 흐르는 것을 발견하고 깜짝 놀랐다.

"어머? 다쳤어요."

"아… 별거 아니야."

기개세는 상처보다 손진이 더 신경 쓰였다.

"낭자! 대체 무슨 짓이오?"

진운상이 손진의 손목을 움켜잡은 채 엄한 표정으로 다그쳐 물었다.

그러나 손진이 대답을 하기도 전에 실내로 막 들어서던 대정숙의 고수 한 명이 그 광경을 발견하고 나직이 외쳤다.

"무슨 일인가?"

모두의 시선이 고수, 즉 이곳 선시원에서 시험을 담당하는 정시고수(正試高手)에게 집중되었다. 그는 청의경장을 입었으며 왼쪽 가슴에는 '정시(正試)'라는 두 글자가 수놓아져 있었다.

'아…….'

손진은 정시고수를 발견하고서야 자신이 큰 실수를 저질렀음을 깨달았다.

대정숙에 입교하기 위해서 시험을 치러 온 상황에 기개세를 발견하고는 분노를 참지 못하고 칼부림을 일으켰으니 입이 열 개라도 변명의 여지가 없다.

더구나 기개세에게 상처까지 입혔으니 모든 면에서 엄격하기로 정평 나 있는 대정숙이 그녀의 시험 자격을 박탈하지 않으면 오히려 이상한 일이었다.

"무슨 일이냐고 물었다."

삼십대 중반의 완고하게 생긴 정시고수는 손진에게 가까이 다가오면서 재차 물었다.

입으로는 그렇게 묻고 있었으나 바닥에 떨어져 있는 검과 기개세의 어깨에서 흐르는 피, 그리고 진운상이 손진의 손목을 움켜잡고 있는 광경을 보고는 대충 상황을 짐작한 듯한 표정이었다.

정시고수를 제외하고 실내에 있는 모든 사람들은 손진이 기개세를 죽이려고 다짜고짜 급습을 가한 광경을 똑똑하게 목격했다.

"실은……."

진운상은 손진의 손목을 놓으면서 입을 열었다.

"하하하! 여동생이 장난을 좀 심하게 한 것뿐입니다!"

그런데 갑자기 기개세가 명랑하게 웃으면서 진운상의 말을 자르며 손진에게 다가갔다.

손진과 다른 사람들이 어리둥절해할 때 기개세는 그녀의 어깨에 자연스럽게 팔을 걸치며 말을 이었다.

"내가 지난번에 이 녀석에게 장난을 좀 심하게 했더니 화가 났던 모양입니다. 그리고 사실 우린 평소에 장난을 좀 심하게 하는 편입니다."

소옥군과 진운상, 그리고 유석과 유정은 구체적인 일은 모르지만 기개세가 손진을 위기에서 구해주려고 한다는 사실을 직감했다.

물론 당사자인 손진도 그런 사실을 직감했다. 하지만 기개세가 왜 그러는지는 알지 못했다.

자신이 그에게 악감정을 품고 있듯이, 그 역시 그럴 것이라고 여기기 때문에 더욱 아리송했다.

퍽!

"하하하! 그렇지 않느냐, 진아?"

"흑!"

기개세는 껄껄 웃으면서 주먹으로 손진의 복부를 약간 세게 찌르듯이 쳤다.

명치 바로 아래의 급소를 맞은 손진은 숨이 끊어질 듯이 고통스러웠지만 내색하지 않으려고 진땀을 흘리면서 참았다.

그렇지만 화가 나지는 않았다. 지금 상황이 너무도 절박하기 때문이다.

아주 조그만 것 하나라도 삐끗하는 날이면 그녀는 시험도 치르지 못하고 쫓겨날 판국이었다.

"여동생이라고?"

정시고수는 기개세와 손진을 날카롭게 번갈아 처다보았다.

"진아, 대답해야지."

기개세는 손진의 어깨를 잡은 팔을 가볍게 흔들었다.

"네? 아… 네, 오라버니."

그녀의 입에서 자연스럽게 '오라버니'라는 말이 흘러나왔다. 지금 상황에서는 오라버니가 아니라 할아버지라 부르라고 해도 불렀을 것이다.

이 순간만큼은 기개세가 원수가 아니라 은인처럼 여겨졌다.

정시고수는 기개세를 똑바로 주시했다.

"자네들이 한 부모를 모시고 있다는 뜻인가?"

기개세는 어깨를 으쓱해 보였다.

"그건 아닙니다. 우린 피를 나눈 친남매는 아니지만 그 이상으로 친합니다. 실은 순전히 진아가 나를 좋아해서 귀찮을 정도로 따라다니는 것이긴 하지만 말입니다."

강남천궁 소옥군을 자신의 여자라고 하더니만, 이제는 손진을 사랑에 눈먼 소녀로 만들고 있는 기개세다.

정시고수의 시선이 미소를 지으려고 애쓰는 손진의 얼굴로 옮겨졌다. 그의 표정은 '그 말이 사실이냐? 고 물었다.

손진은 목이 부러질 정도로 세차게 고개를 끄덕이며 열띤 어조로 거의 외치듯이 말했다.

"그래요! 제가 오라버니를 좋아해서 귀찮게 따라다니는 거예요! 오라버니가 대정숙에 입교한다는 소식을 듣고 무조건 저도 따라왔어요!"

그녀는 정시고수가 의심을 풀고 물러가기를 간절히 바라면서 묻지도 않는 것까지 거짓으로 대답했다.

그러나 정시고수는 여전히 완고한 표정과 눈빛으로 기개세를 쳐다보았다.

"그렇다면 자넨 귀찮게 쫓아다니는 여동생의 가문에 대해서는 당연히 알고 있겠군?"

순간 손진의 얼굴빛이 흐려졌다. 기개세가 자신의 가문에 대해서 알고 있을 리가 없다고 생각한 것이다.

"물론입니다. 진아는 안휘성 벽검문 문주의 무남독녀입니다."

그런데 뜻밖에도 기개세는 외우고 있었던 것처럼 술술 대답했다.

놀랍고도 기쁜 표정을 짓고 있는 손진의 얼굴에 정시고수의 시선이 고정되었다.

손진은 고개를 크게 끄덕였다.

"맞아요. 저는 벽검문의 손진입니다."

그녀의 말에 비로소 정시고수의 의심의 눈빛이 누그러졌고, 실내의 많은 소년, 소녀들은 적잖이 놀라는 표정을 지었다.

벽검문은 무림팔대세가 중에 하나이기 때문이다.

정시고수는 나가기 전에 기개세의 어깨 상처를 가리키며 손진에게 명령조로 말했다.

"첫 시험을 치르기 전에 자네 손으로 직접 오라버니의 상처를 치료하고 나서 내게 검사를 받도록. 치료는 옆방에서 하라. 치료약은 그곳에 비치되어 있다."

"윽!"

손진이 상처를 깨끗한 헝겊으로 닦자 기개세는 묵직한 신음을 토해냈다.

그렇지만 손진은 듣지 못한 듯 묵묵히 치료만 했다.

기개세는 치료에 열중하고 있는 손진의 얼굴을 쳐다보았다.

그녀는 몹시 복잡한 표정으로 입술을 잘근잘근 깨물고 있었는데 이따금 눈초리가 파르르 가늘게 경련을 일으켰다.

"살살 해라."

기개세는 그녀가 필요 이상으로 힘을 주어 상처를 다루자 점잖게 타일렀다.

"네가 죽어버렸으면 좋겠어."

손진은 더욱 거칠게 상처를 닦으면서 이를 갈 듯 중얼거렸다.

"그런 마음이면서 조금 전에는 어째서 날 오라버니라고 부른 거였지?"

손진이 왜 그랬는지 뻔히 알면서도 기개세가 느긋하게 묻자 그녀의 손길이 뚝 멈추었다.

지금 그녀를 괴롭히고 있는 것은 한두 가지가 아니었다.

기개세를 발견한 순간 분노를 억제하지 못하여 곧 일어날 결과를 생각하지 못하고 다짜고짜 공격, 아니, 급습을 가했던 수양심의 결여.

그러고 나서는 쫓겨나지 않으려고 기개세의 세 치 혓바닥에 놀아나 온갖 가증스러운 행동을 다 했다는 사실.

갈가리 찢어 죽여도 시원치 않은 놈에게 도움을, 아니, 은혜를 입었다는 사실.

그리고는 지금에 와서 다시 슬그머니 기개세에 대한 분노가 고개를 쳐들고 있는 자신의 이율배반적인 감정 상태.

그 외에도 설명할 수 없는 복잡한 여러 감정들이 엉킨 실타래처럼 머릿속과 가슴속에 꽉 들어차 있었다.

그런 상태에서 기개세의 비아냥거리는 듯한 말을 듣자 손진의 손이 뚝 멈추었다.

그 순간 복잡하던 무수한 감정들이 모여들면서 하나로 귀결되었다.

'이놈을 죽여 버리고 싶어!'

미운 강아지 보리멍석에 똥 싼다고, 쳐죽이고 싶은 놈이 예쁜 말만 골라서 하고 있다.

손진은 더할 수 없이 싸늘한 얼굴로 이를 갈 듯 뇌까렸다.

"한 번만 더 주둥이를 놀리면 대정숙 따윈 포기하는 한이 있어도 네놈을 죽이고 말겠어."

그녀는 고개를 숙인 채 다시 상처를 닦기 시작하다가 얼굴 아래로 무언가 반짝이는 흰 물체가 불쑥 나타나는 것을 발견하고 움찔 놀랐다.

"……!"

그리고 그것이 한 자루 은빛 단검이라는 것과 단검 너머에서 들려오는 기개세의 조용한 말 때문에 온몸에 소름이 쫙 끼쳤다.

"죽여봐."

"……."

손진이 고개를 들고 쳐다보자 기개세는 한 손으로 단검, 즉 설인검을 내민 채 두 눈을 꾹 감고 있었다.

죽일 테면 죽여보라는 모습인데 너무도 편안하게 보였다.

손진은 놀랍고도 어이없다는 표정으로 기개세와 설인검을

번갈아 쳐다보았다.

그러더니 두 눈에서 지독한 살기가 폭사되었다.

하지만 살기는 점차 흐려지면서 잠시 후에는 처연한 눈빛으로 변했다.

그리고는 다시 묵묵히 치료를 시작했다.

사실 방금 기개세의 행동은 손진에게 무언의 선택을 강요한 것이다.

지금 날 죽이던가 그러지 못할 바에는 이후부터는 내게 무조건 복종해라, 는 것이다.

그리고 손진은 그 뜻을 감지했으면서도 아무런 행동을 취하지 못했다.

기개세는 묵묵히 설인검을 거두어 품속에 갈무리했다.

이어서 상처에 금창약을 바르고 있는 착잡한 표정의 손진을 물끄러미 응시했다.

입술을 꼭 깨물고 눈꺼풀을 파들파들 떠는 모습이 조금 안쓰러웠다.

문득 구화산 깊은 산중에서 벌거벗겨진 채 나무에 매달려 매를 맞던 손진의 모습이 떠올랐다.

그때 손진은 눈물을 흘리면서 용서를 빌기도 했고, 분노하며 저주를 퍼붓기도 했었다.

그런데도 기개세는 눈 하나 까딱하지 않고 속이 풀릴 때까지 그녀를 때렸었다.

문득 기개세는 만약 유정이 그런 일을 당한다면 자신은 절대 그놈을 용서할 수 없을 것이라는 생각이 들었다.

지금 기개세는 역지사지(易地思之), 즉 처지를 바꾸어서 생각을 해보고 있었다.

예전의 그는 자신의 입장만 생각했지 상대의 처지 같은 것은 생각한 적이 없었다.

처지라는 것은 내게만 있는 것이 아니라 상대에게도 있다.

그가 이렇게 변한 것은 낙성검가에서의 한 달 동안의 교육 덕분이다.

생각이 거기에 미치자 기개세는 자신이 손진에게 심했다는 생각이 들었다.

"진아, 그때 구화산에서는 내가 심했다. 미안하다."

그 말에 손진은 움찔 몸을 떨고는 입술을 피가 나도록 힘껏 깨물었다.

"흑!"

그러더니 숨을 몰아쉬듯 격한 흐느낌을 터뜨리며 두 손으로 얼굴을 가렸다.

기개세는 적잖이 당황했다. 그가 겪은 손진은 독하고 간깐하기만 할 뿐 여자다운 면이라고는 없었다. 그런 그녀가 울음을 터뜨릴 줄은 전혀 예상하지 못했다.

기개세는 난처한 표정을 지은 채 물끄러미 바라보다가 손을 뻗어 손진의 어깨를 말없이 가볍게 토닥였다.

“진아.”

아까 정시고수 앞에서 손진을 여동생인 양 ‘진아’라고 불렀던 것이 어느덧 입에 배어버린 기개세다.

“으흑흑!”

와락!

그러자 갑자기 손진이 기개세의 가슴으로 쓰러지듯 안겨들며 더욱 서럽게 울었다.

기개세는 움찔 놀랐으나 그녀를 밀쳐 내지 않고 오히려 등을 안으며 부드럽게 토닥거렸다.

손진은 자꾸만 그의 품속으로 파고들며 몸을 떨면서 울음을 그치지 않았다.

낙성검가에서 새로운 교육을 받아 생각을 많이 하게 된 기개세지만, 지금 손진이 무슨 생각을 하고 또 어떤 심정인지는 짐작하기가 어려웠다.

단지 그는 두 팔로 그녀를 부드럽게 안고 있기만 했다. 그의 두 팔과 가슴에서 그녀는 갓 잡아 올린 물고기처럼 파들파들 떨면서 울었다.

그녀는 그렇게 오랫동안 울면서 기개세의 가슴팍을 흠뻑 적셔놓았다.

첫 번째 관문은 대정숙에 입교하려는 시험자들의 신분 확인을 하는 것이다.

혼자 온 사람은 한 명씩, 형제나 남매는 같이 방으로 들어가서 심사를 받는다.

유석과 기개세, 유정은 순서대로 나란히 의자에 앉았다.

그들의 앞 반 장 거리에는 약간 긴 탁자가 가로로 놓여 있으며, 그 너머에 두 명의 노인이 이쪽을 향해 나란히 앉아 있고, 탁자에는 두툼한 책자 수십 권이 쌓여 있었다.

두 노인은 무림 특히 정파의 수많은 방, 문파에 대해서 완벽할 정도로 잘 알고 있는 인물들이며, 첫 번째 관문을 담당하는 정시사(正試師)였다.

시험을 담당하는 정시고수는 크게 둘로 나뉘는데, 시험의 질서를 관리하는 정시고수와 직접 시험을 감독하는 정시사가 그것이다.

척!

두 정시사가 각자 두툼하고 큰 책자 한 권씩을 고르더니 자신의 앞에 놓고 펼쳤다.

"각자 소개를 하도록."

왼쪽의 정시사가 차분한 목소리로 주문을 했다.

유석과 기개세, 유정은 동시에 일어나서 정중하게 포권지례를 하며 유석부터 차례로 낭랑하고 또렷한 목소리로 자신을 소개했다.

왼쪽 정시사가 가볍게 고개를 끄덕이자 세 사람은 조심스럽게 자리에 앉았다.

"지금부터 묻는 말에 장남부터 차례로 대답하게."

이번에는 오른쪽의 정시사가 말문을 열더니 즉시 질문을 하기 시작했다.

질문은 처음부터 끝까지 낙성검가에 대한 것으로, 개파조사가 누구며, 이대, 삼대, 사대로 이어져서 당금 가주에 이르기까지 이십오 대를 유석과 기개세, 유정이 번갈아가면서 대답을 했다.

두 번째 질문은 낙성검가 성명무공의 구결을 외우고 해석하는 것이다.

대정숙의 역사는 올해로 백오십칠 년이다. 하지만 낙성검가 팔백여 년 역사 중에서 대정숙에 입교하려는 것은 유석 삼남매가 최초다.

그 말은 대정숙에서는 지난 백오십칠 년 동안 단 한 번도 낙성검가 사람을 시험한 적이 없다는 뜻이다.

그런데도 두 정시사는 낙성검가의 진짜 혈육인 유석과 유정이 알고 있는 지식보다 더 많은 것들을 더 자세히 알고 있어서 그들을 놀라고도 당황하게 만들었다.

"그것은 저… 그러니까……."

문답이 어느 정도 진행되었을 때, 갑자기 유정이 대답을 못하고 더듬거렸다.

알고 있는 문제인데도 너무 긴장한 탓이고, 두 정시사가 너무 완벽하게 알고 있어서 압도당했기 때문이다.

"다음. 삼원심법 중에서 사방신 주작의 칠수가 각 시각대
별로 천공에서 어떤 위치에 놓이며, 운공조식을 할 때 그것이
신체와 어떻게 연결되는지를 설명해 보라."

질문이 유석으로 넘어가자 유정은 깜짝 놀라서 소리쳤다.

"대답할 수 있어요! 기회를 주세요!"

방금 말한 정시사가 묵묵히 유정을 똑바로 주시했다.

"저는……."

대답할 기회를 잃었다는 사실 때문에 유정은 가늘게 몸을
떨면서 금방이라도 울 것 같은 표정을 지었다.

유정 때문에 유석은 신경이 쓰였으나 대답이 늦어지면 그
역시 점수를 잃고 만다.

첫 관문이 그저 단순하게 신분을 확인하는 것이라고만 여
기고 있었는데 이것은 그게 아니다.

유석이 바짝 정신을 차리고 어렵사리 대답을 끝내자마자
다음에는 기개세 차례다.

오죽하면 매사에 천하태평인 기개세조차도 바짝 긴장하여
숨소리를 죽인 채 정시사의 질문에 귀를 곤두세울 정도였겠
는가.

마침내 만 근 바위에 눌려 있던 것 같은 첫 관문의 시험이
끝났다.

그다지 길지 않은 반 시진 동안 기개세와 유석, 유정은 기
진맥진해서 온몸이 땀으로 흥건하게 젖었다.

두 정시사의 질문에 세 사람의 대답은 완벽하지 못했다. 정확하게 대답한 것도 있고 틀린 것도 있으며 알고 있으면서도 미처 대답하지 못한 것도 있었다.

세 사람 중에서 그래도 기개세가 제일 잘한 편이다. 낙성검가의 친혈육이 아니면서도 그는 정시사들의 질문에 구 할 이상 틀리지 않고 대답했다고 자신하고 있었다.

잘 모르는 질문이라도 그는 성심성의껏 대답했다.

유석과 유정은 대답을 얼마나 제대로 했는지조차 가늠하지 못할 정도였다.

다만 한 가지 분명한 것은, 두 사람이 첫 관문을 통과하지 못한다고 해도 이상하지 않을 정도로 만족하지 못한 시험을 치렀다는 사실이다.

유석과 유정이 극도로 초조하고 절망하면서 결과를 기다리고 있는 반면에 기개세는 느긋했다.

시험을 잘 치렀기 때문이 아니라 설사 시험을 망쳤다고 해도 그는 느긋할 것이다.

일단 질식할 것 같은 시험이 끝났기 때문이다. 시험이 끝나자마자 그는 태평한 성격을 되찾았다.

하지만 그도 유석과 유정이 걱정됐다. 특히 유정은 통과하지 못할지도 모르는 심각한 상황이었다.

"험!"

그때 의논을 마친 정시사 중 한 명이 주먹을 입에 대고 낮게 헛기침을 했다.

결과를 발표하겠다는 신호였다.

유정은 거의 혼절할 정도로 창백한 안색에 송알송알 땀을 흘리면서 눈도 깜빡이지 않고 정시사를 주시했다. 그녀는 숨조차 쉬지 못할 정도로 긴장했다.

아니, 겁을 먹었다. 자신이 대답을 제대로 못했다는 사실을 알고 있기 때문이다.

그때 기개세가 가만히 손을 뻗어 떨고 있는 그녀의 손을 부드럽게 잡아주었다.

그리고 거의 동시에 유석도 그녀의 다른 손을 잡았다. 누이동생을 위로하려는 형제의 마음이 통했다.

그로 인해 유정은 불안감을 크게 덜었다. 떨림이 완화되고 숨을 쉴 수 있게 되었다.

"유석."

"넵!"

조용한 부름에 유석은 튕기듯 벌떡 일어나며 실내가 떠나가도록 목청껏 대답했다.

"입격(入格)."

유석은 통과했다.

"가, 감사합니다!"

너무 긴장한 나머지 유석은 기쁜 마음도 들지 않았다. 굽실 허리를 굽혀 예를 취하고 자리에 앉았다.

자리에 앉고 나서야 잔물결처럼 입격의 기쁨이 온몸과 온
마음을 휩쓸기 시작했다.

"유영."

"네!"

부름을 받은 기개세는 벌떡 일어나 대답했다.

"입격."

"감사합니다."

그도 유석처럼 꾸벅 인사하고 앉았다. 그 역시 가슴속에서
기쁨이 잔잔하게 일렁였다.

"유정."

유정은 극도로 긴장한 나머지 자신의 차례라는 것을 알면
서도 부르는 소리를 듣지 못했다. 아니, 듣고서도 오금이 저
려서 일어서지 못했다.

"정아."

유석이 나직이 부르자 유정은 멍한 얼굴로 그를 쳐다보다
가 번쩍 정신이 들어 급히 일어섰다.

"넷! 유정입니다!"

"불입격(不入格)."

"네?"

삼 남매의 얼굴에 동시에 놀라움이 떠올랐다.

정시사의 말이 이어졌다.

"그러나 유영이 만점(滿點)이다. 형제일 경우 만점자의 점

수를 불입격자에게 나누어 입격을 시킨다.”

그것은 알지 못했던 방식이다.

유석이 반신반의하는 얼굴로 메마른 입술을 뗐다.

“그, 그럼?”

“유정은 입격이다.”

“아……..”

다리에서 힘이 풀린 유정은 안색이 해쓱해지면서 그 자리에 털썩 주저앉았다.

기개세와 유석은 정시사에게 인사를 한 후 양쪽에서 유정의 팔을 잡고 방을 나왔다.

유정은 두 발이 허공에 뜬 상태에서, 그리고 정신도 붕 뜬 상태로 밖으로 끌려나왔다.

방문 밖 복도에는 차례를 기다리는 시험생도들이 초조한 얼굴로 한쪽 벽을 등지고 길게 늘어서 있다가 기개세 삼 남매를 일제히 쳐다보았다.

그들은 대정숙의 시험들이 어느 것 하나 쉽지 않다는 사실을 첫 관문에서부터 생생하게 체험하고 있는 중이었다.

첫 관문은 명문가라는 신분을 확인하는 시험이다.

신분 확인이란 시험생도가 그 명문가의 자손인가 아닌가만 확인하면 된다.

그럴 경우에는 오늘 이곳에 모인 칠십이 명 중에서 오직 한 사람, 가짜 명문의 자손인 기개세를 제외한 모두가 첫 관문에서 입격될 것이다.

하지만 첫 관문의 뚜껑을 열어보니 실제는 소문보다 훨씬 엄격했다.

대정숙은 자신의 가문에 대해서 완벽하게 알지 못하는 사람을 필요로 하지 않는 것이다.

기다리고 있던 시험생도들은 기개세 삼 남매의 표정을 살피면서 그들의 입격 여부를 알아내려고 애썼다.

하지만 기개세와 유석은 넋이 나간 유정을 부축하고 염려하느라 입격의 기쁨을 누리지 못하고 있었다.

"정아, 괜찮니?"

기개세가 유정의 뺨을 쓰다듬으면서 염려스럽게 물었다. 그의 그런 행동은 진짜 피를 나눈 남매 같았다.

"아……."

그제야 정신을 조금 차린 듯한 유정은 창백한 얼굴을 들어 기개세를 바라보았다.

그러다가 갑자기 울음을 터뜨리면서 기개세의 품으로 안겨들었다.

"으앙! 둘째 오빠!"

그녀는 기개세의 가슴에 얼굴을 비비면서 기쁨에 겨워 흐느꼈다. 그가 아니었으면 그녀는 이 길로 대정숙을 나가야만 했을 것이다.

"흑흑흑! 고마워요! 둘째 오빠 덕분이에요!"

기개세는 부드럽게 미소 지으면서 그녀의 등을 쓰다듬었다.

"애썼다."

그러면서 그는 가족의 힘이라는 것, 그리고 우애(友愛)라는 것이 정말 좋다는 생각을 하였다.

그제야 시험생도들은 기개세 남매가 모두 입격했다는 사실을 알고 부러움의 눈길을 보냈다.

척!

그때 옆방의 문이 열리며 긴장한 표정의 손진이 나오다가 기개세를 발견했다.

기개세가 쳐다보자 그녀는 긴장이 풀리지 않는지 조금은 겁먹은 듯한 얼굴로 눈을 깜빡였다.

기개세가 고개를 가볍게 끄덕이자 손진은 천천히 걸어왔다.

"잘했니?"

기개세의 물음에 그제야 손진의 얼굴이 조금 밝아지면서 고개를 끄덕였다.

"저 입격했어요."

그러면서 그녀는 기개세의 품에 안겨 있는 유정을 살짝 바라보았다.

기개세는 손진의 어깨를 가볍게 두드리며 미소를 지었다.

"수고했다."

그러자 손진은 반걸음 주춤 다가들며 약간 머뭇거리다가 가만히 기개세의 어깨에 뺨을 기댔다. 아까까지만 해도 그를 죽이려고 했던 그녀로선 놀라운 변신이다.

기개세는 그녀의 등을 부드럽게 쓰다듬었다.

매화처럼 청초한 아름다움의 유정과 모란처럼 강렬하고 육감적인 아름다움을 발산하는 손진 두 미녀를 양쪽에 안고 있는 기개세의 모습은, 지금 이 순간만큼은 무림의 소년영웅처럼 보였다.

많은 시험생도들은 또 다른 부러움의 시선으로 기개세와 두 소녀에게서 눈을 떼지 못했다.

칠십이 명의 시험자들은 첫 번째 관문에서 십오 명이 불입격하는 고배를 마셨다.

第二十六章

청룡전광검(靑龍電光劍)

두 번째 관문은 시험생도의 나이가 이십오 세 미만임을 확인하는 것이다.

시험생도들은 차례로 정시사 앞으로 나가서 지니고 있는 보단자(保單子:신분 증명서)를 제출했다.

정시사는 보단자와 대정숙에서 보유하고 있는 책자를 상세하게 비교하는데 비교적 간단한 절차다.

하지만 이 과정에서 네 명의 시험생도가 나이를 속인 것이 발각되어 탈락되었다.

관(官)에서 발급하는 보단자와 대정숙이 자체적으로 조사한 자료의 내용이 다르면 무조건 탈락이다.

그것은 관보다 대정숙이 더 정확하다는 자부심이며, 이 경우에 잘못된 경우는 극히 드물었다.

기개세는 유영의 보단자를 제출했으며, 대정숙의 자료와 정확하게 일치하여 무사히 입격되었다. 물론 유석과 유정도 입격됐다.

첫 번째 관문을 통과한 후 기개세의 주위에는 자연스럽게 여러 사람이 모이게 되었다.

기개세를 비롯한 유석과 유정, 그리고 소옥군과 진운상, 손진이다.

시험생도들 중에는 평소에 친분이 있는 사람들끼리 모여 몇 개의 무리를 이루었다.

무리를 이룬 사람들은 서로 위로를 해주거나 용기를 북돋고 또는 정보를 교환하기도 했다.

하지만 혼자인 사람들은 낯선 환경 속에서 더욱 철저히 혼자가 되어 잔뜩 위축되었다.

몇 개의 무리 중에서도 기개세를 비롯한 여섯 명이 이룬 무리가 인원이 가장 많았고 또 화기애애했다.

특히 소옥군과 손진은 무리에 속한 이후 도움을 가장 크게 받았다.

만약 그녀들 혼자 왔다면 무척 외롭고 힘들었을 텐데 무리지어 다니니까 외로움은커녕 든든하기 짝이 없었고, 기개세 때문에 웃음이 떠나지 않았다.

첫 번째 관문 이후 이들 여섯 명은 꼭 함께 행동했다.

두 번째 관문을 모두 무사히 입격한 후 여섯 명은 서로 축하해 주면서 반 시진 동안의 휴식을 취하고 세 번째 관문으로 이동했다.

"유영, 청룡전광검(靑龍電光劍) 삼 초식 십이 변(變)을 처음부터 끝까지 전개하라."

정시사의 입에서 낙성검가의 성명검법인 사신검법 중에서 청룡전광검법을 전개하라는 지시가 떨어지자 기개세는 성큼성큼 걸어나가면서 머릿속으로 구결과 변화를 생각했다.

조금 전에 유석 역시 사신검법의 백호뇌격검 삼 초식 십이 변을 깔끔하게 끝냈다.

그는 멀찌감치 벽을 등지고 책상다리로 앉아 있는 유정 옆에 앉고 나서도 흐르는 땀을 닦을 생각도 하지 않고 기개세를 뚫어지게 주시했다.

기개세는 전면 삼 장 거리의 의자에 나란히 앉아 있는 세 명의 정시사를 향해 공손히 포권을 했다.

그가 누군가에게 지금처럼 공손한 예의를 갖추는 것은 아마도 난생처음일 것이다.

이어서 오른손을 어깨로 가져가 절대신검을 힘있게 꾹 움켜잡았다.

그 순간 한 가지 생각이 번뜩 그의 뇌리를 스쳤다. 혹시 정시사들이 절대신검을 알아보면 어떻게 하느냐는 것이다.

하지만 지금으로선 돌이킬 수 없는 상황이다. 그것을 염려했다면 대정숙에 들어오기 전에 진작 평범한 검을 구해서 갖고 들어왔어야 했다. 거기까지 미처 생각하지 못했던 것이 불찰이다.

정시사들이 절대신검을 알아보지 못하기만 바랄 뿐이다.

우… 웅웅!

기개세가 완만한 동작으로 천천히 절대신검을 뽑자 평소보다 더 웅혼한 용음이 흐르면서 허공을 가만가만 흔들었다.

그러자 정시사들의 눈빛이 가볍게 흔들렸다. 그들은 모두 강호의 경험이 풍부한 인물들이라 검명만 듣고서도 기개세의 검이 평범한 검이 아니라고 즉시 간파했다.

슥.

기개세는 엄숙한 표정으로 허리를 약간 낮추어 왼발을 앞으로 내밀고 오른발 무릎을 조금 구부려 몸을 지탱하면서 오른손을 뒷머리 위로 올려 검이 머리 위에서 전면을 향해 수평이 되는 자세를 취했다.

그것이 청룡전광검의 예비 자세다.

지우금일(至于今日) 검(劍)은 백병지왕(百兵之王)이라고 하는 만큼 연마하기가 결코 녹록하지 않으며, 오랜 기간 연마하더라도 좀처럼 내 몸같이 다루어지지 않는다.

대부분의 무공 입문자들은 처음에 권법과 도법을 병행하

면서 배우고, 그다음에 곤법(棍法), 창법(槍法), 그리고 마지막
으로 검법을 익힌다. 그만큼 검법 연마가 어렵기 때문이다.

옛말에도 도법을 익히는 데에는 일 년, 검법을 익히는 데에
는 십 년이 걸린다고 했다.

낙성검가의 사신검법은 검법 중에서도 중급 이상에 속할
정도로 익히기 어려운데, 기개세는 불과 한 달여 만에 팔성까
지 연마했다.

그가 한 달여의 사신검법 연마를 끝낸 날 유석은 참았던 한
마디를 했다.

"영아, 너는 천재다."

타앗!

순간 기개세가 상체를 전면으로 쓰러뜨릴 듯 기울이면서
다섯 걸음 쏘아나가며 머리 위의 검으로 순식간에 전면 허공
의 세 곳을 찌르고 두 곳을 좌우로 베었다.

쐐아악!

웅웅웅…….

검이 허공을 가를 때에는 거센 파도 소리가, 다시 검이 목
표로 한 허공의 한 점을 찌르고 벨 때는 가슴을 먹먹하게 만
드는 용음이 더욱 웅혼하게 울렸다.

"이얍!"

두 발끝으로 힘껏 바닥을 박차고 허공으로 솟구치면서 검
첨으로 원을 그리며 천중을 찌르는데, 기합 소리가 쩌렁쩌렁
하게 실내를 울렸다.

쩌엉!

검첨이 아무것도 없는 허공을 찌르는 음향이 깊은 밤에 호
수의 두껍게 언 얼음이 갈라지는 소리를 낸다.

"청룡휘진(靑龍揮塵)!"

허공으로 일 장 가까이 솟구쳤던 기개세는 머리를 아래로,
두 다리를 위로 곧게 뻗은 자세로 아래를 향해 비스듬히 내리
꽂히면서 검신으로 켜켜이 허공을 쪼개며 휘젓는다.

위잉! 윙! 윙!

머리가 바닥에 닿기 전에 빙글 몸을 뒤집어 왼발 끝으로 살
짝 바닥을 디딘 채 한 바퀴 회전하며 세 번 찌르고 세 번 자른
다.

"청룡희산(靑龍戱山)!"

키우웅! 키잉! 잉!

초식 이름 그대로 한 마리 청룡이 험악한 산 정상에서 요동
치며 천둥 번개를 뿜어내어 산을 부수는 듯한 착각을 불러일
으켰다.

유석과 유정은 눈도 깜빡이지 않은 채 그 광경을 주시했다.
두 사람은 기개세의 동작을 보면서 완전히 압도당했다.

사사삭…….

발끝으로 바닥을 딛으면서 쏜살같이 돌진하는 기개세가 절대신검에 공력을 주입하여 머리 위로 들어 올렸다가 힘차게 아래로 내리그었다.

후오오!

"청룡전광(靑龍電光)!"

드디어 청룡전광검의 마지막 초식이 전개됐다.

가장 빠르게 자르듯이, 그리고 가장 힘차게 찌른다. 자르고 찌르는 것을 동시에 해내야 한다.

맹렬히 그어내리면서 찔러가던 절대신검이 한순간 보이지 않는 벽을 찌른 듯 딱 멈추었다.

지잉! 징징…….

그리고는 마치 검첨이 철벽에 부딪친 듯한 진동음이 거세게 울려 퍼졌다.

절대신검이 가리키고 있는 방향은 세 명의 정시사가 나란히 앉아 있는 곳이었다.

폭 오 장여의 제법 너른 실내를 종횡무진 누비던 기개세가 어느새 정시사들의 일 장 앞까지 이르러 있었다.

검첨은 가운데 정시사의 얼굴을 찌를 듯이 두 자 앞에 정지해 있었다. 추호도 흔들리지 않는 검첨이다.

정시사들은 그 자리에 꼿꼿하게 앉은 채 외눈 하나 깜빡이지 않았다.

하지만 그들은 마지막 청룡전광이 전개되어 검이 자신들

의 두 자 앞에서 정지하는 순간에 검첨에서 새파란 번갯불이 자신들을 향해 뿜어지는 듯한 환상을 보았다.

그래서 부지중 몸을 움찔했었다. 순간적으로 그 새파란 번 갯불이 검기(劍氣)라고 착각한 것이다.

당금 무림에서 검기를 발출할 능력의 절정고수는 열 손가 락으로 꼽을 만큼 극소수이다.

그것을 일개 시험생도가 전개한다고 착각을 한 정시사들 은 내심 씁쓸한 기분이 되었다.

"헉헉헉……."

전력을 다 쏟아내 검법을 펼친 기개세는 거친 숨을 몰아쉬 면서 검을 거두어 두 손에 모아 쥐고 정시사들을 향해 공손히 포권하고 물러났다.

성큼성큼 걸어서 자리로 돌아오는 기개세를 바라보는 유 석과 유정은 그가 너무도 늠름하고 자랑스러워서 주체하지 못할 정도의 심정이었다.

기개세를 쳐다보는 유석의 얼굴에는 과거 친동생인 유영 에게도 지어본 적이 없는 깊은 정이 듬뿍 담겨 있었다.

유정은 다음이 자신의 차례라는 사실도 잊은 채 두 손을 가 슴 앞에 모으고 기개세를 바라보았다. 그녀의 눈에는 기개세 가 천하제일의 소년영웅처럼 보였다.

유석과 유정은 지금껏 십 년 넘게 사신검법을 연마했으나 방금 기개세가 전개한 것처럼 멋들어지게 전개한 적도, 그럴 자신도 없었다.

세 명의 정시사는 뭔가 두런두런 얘기를 나누느라 아직 유정을 호명하지 않고 있었다.

정시사가 시험 중에 대화를 나누는 일은 그리 흔치 않은 광경이다.

그러면서 유정의 차례가 조금 늦어지고 있었다.

유정은 이각이 지난 후에 사신검법의 주작비류검법을 전개해 보라는 지시를 받았다.

이 시험에서 낙성검가의 삼 남매는 검가의 후예답게 보기 좋게 모두 입격하는 기쁨을 누렸다.

삼 남매는 전각 밖으로 나란히 걸어나오면서 어깨를 활짝 펴고 한껏 의기양양했다.

대기하고 있던 시험생도들은 기개세 삼 남매의 모습만 보고도 그들이 시험에서 입격했다는 사실을 쉽사리 알아차리고 부러움의 눈길을 보냈다.

기쁨에 겨운 유정이 기개세의 팔을 자신의 두 팔로 끌어당겨 가슴에 꼭 안고 속삭이듯 종알거렸다.

"둘째 오빠는 정말 보기 드문 천재예요. 어떻게 불과 한 달밖에 수련하지 않고서도 큰오빠와 저보다 뛰어난 검법을 펼칠 수 있는 거죠?"

유석이 낮게 헛기침을 하며 아는 체를 했다.

"험! 나는 영아가 천재라는 것을 무공을 가르치는 순간부터 알고 있었다."

그러나 정작 당사자인 기개세는 자신이 천재라는 사실을 아직도 실감하지 못하고 있었다.

그는 고개를 갸우뚱하며 중얼거렸다.

"한 달 정도 수련하면 누구나 그 정도는 발휘할 수 있는 것 아닌가?"

유석과 유정은 말문이 막혀서 기개세를 바라보기만 했다.

기개세를 비롯한 여섯 명이 한군데에 모여서 전면을 바라보며 상의를 하고 있었다.

그들 여섯 명은 모두 세 번째 관문까지 입격을 하고 지금 네 번째이자 마지막 관문 앞에 서 있는 것이다.

그들 전면에는 무려 열다섯 채의 건물이 가로 일렬로 나란히 늘어서 있었다.

하지만 네 번째 관문은 바로 앞에 있는 세 개의 건물 중에서 한 곳에 들어가는 것이다.

이번 시험은 시험생도들의 가문하고는 상관이 없다. 대정숙에서 낸 관문인데, 여길 통과해야지만 비로소 대정생도가 되는 것이다.

네 번째 관문에 대해서는 미리 준비할 수가 없다.

왜냐하면 시험의 종류가 모두 열다섯 가지나 있으며, 시험

당일이 돼서야 그중 세 종류가 선택되기 때문이다.

그러므로 열다섯 종류를 모두 미리 준비하는 것은 불가능하기 때문이다.

한 건물에 한 종류의 시험이 있으며 건물이 열다섯 채인데, 오늘은 전면의 세 건물 안에 있는 세 종류가 채택되었다.

그 안에 어떤 시험이 기다리고 있을지는 아무도 모른다. 그러니 운에 맡길 수밖에 없다.

대정숙은 아무런 준비도 하지 못한 시험생도들이 갑자기 주어진 어려운 상황에서 어떤 능력을 발휘하는지를 시험하려는 의도였다.

소문에 의하면 마지막 관문에서 시험생도들이 가장 많이 탈락한다고 했다.

그때 전면 세 채의 건물 중 왼쪽 건물에서 시험생도 한 명이 정시고수에게 업혀 나오고 있었다.

기개세 일행의 시선이 일제히 그곳으로 향했다가 얼굴에 놀라는 표정이 떠올랐다.

정시고수에게 업혀 나와서 풀밭에 눕혀지고 있는 시험생도는 얼핏 보기에도 정강이가 부러진 모습이었다.

다리가 절대 이룰 수 없는 각도, 즉 다리의 앞쪽으로 꺾였으며 부러진 부위에는 날카로운 뼈가 밖으로 튀어나왔고 그곳에서 피가 콸콸 쏟아지고 있었다.

다행히도 시험생도는 다리가 부러지는 순간 혼절을 한 모양이다. 혼절하지 않았다면 인생에서 최악의 고통을 경험했을 것이다.

물론 그는 탈락이다. 네 번째 관문은 앞문으로 들어가서 뒷문으로 나가야지만 입격이다.

그 광경을 지켜보고 있던 기개세 일행의 얼굴에 짙은 염려와 두려움이 복잡하게 떠올랐다.

낙천적인 성격의 기개세조차도 이 순간만큼은 얼굴이 돌덩이처럼 굳었다.

그때 세 건물 중 가운데와 오른쪽 건물에서 동시에 시험생도가 나왔다.

그런데 가운데 건물의 시험생도는 입에서 검붉은 핏덩이를 꾸역꾸역 토해내며 오른팔을 감싸 안은 채 창백한 안색으로 비틀거리면서도 제 발로 걸어나오고 있었다.

그리고 오른쪽 건물의 시험생도는 정시고수에게 업혀서 나와 풀밭에 눕혀졌는데, 얼굴과 온몸이 만신창이고 옷은 갈가리 찢어진 모습이었다.

그들 역시 네 번째 관문에서 쓴잔을 마셨다. 과연 대정숙의 네 번째 관문의 악명은 틀리지 않은 듯했다.

기개세는 실패한 세 명을 번갈아 살피고 있었는데, 다른 다섯 명은 더할 수 없이 착잡한 표정으로 실패자들을 쳐다보고 있었다.

이제 휴식 시간은 반 각만 지나면 끝날 것이다. 그때가 되면 싫어도 세 건물 중 하나를 골라서 들어가야만 한다.

그렇지만 도대체 세 건물 안에서 어떤 종류의 시험이 기다리고 있는지 알 수가 없다.

다만 실패한 세 명의 시험생도로 미루어봤을 때 기개세 일행 중에서 절반 정도 운이 나쁘면 탈락할 것 같다는 불길한 예감이 들었다.

세 건물 안에 어떤 종류의 시험이 기다리고 있는지만 알 수 있다면 한결 쉬워질 것이다.

자신있는 곳으로 골라서 들어갈 수 있기 때문이다.

"모두 이리 모여봐."

그때 기개세가 들릴 듯 말 듯 낮게 속삭이며 세 건물로부터 멀찍이 떨어진 인공 숲 안으로 들어갔다.

다섯 사람은 의아한 표정으로 기개세의 뒷모습을 쳐다보다가 묵묵히 뒤따랐다.

"세 건물 안에 어떤 종류 시험이 있는지 알 것 같다."

인공 숲 안에 다 모였을 때 기개세는 모두 작게 원을 형성한 채 머리를 맞대고 앉으라고 한 후 그렇게 입을 열었다.

모두의 얼굴에 해연히 커다란 놀라움이 떠올랐다.

"어, 어떻게……?"

유정이 놀라서 자신도 모르게 목소리가 높아지자 기개세는 급히 손가락을 입에 대며 조용히 하라는 시늉을 했다.

이어서 더욱 목소리를 낮춰서 말했다.

"왼쪽은 경공이나 보법에 관한 시험인 것 같다. 시험생도가 느리게 움직이거나 방위를 잘못 밟으면 무엇인가 튀어나와서 다리를 강타하는 것이 아닌가 생각된다."

충분히 가능성이 있는 추리다. 왼쪽 건물에서 업혀 나온 시험생도가 몸의 다른 곳이 아닌 다리가 부러졌다는 사실이 그 증거다.

다섯 명은 적잖이 놀랐으나 아무도 입을 열지 않았다. 그 대신 기개세를 주시하며 더욱 바짝 모여들어 원을 좁혔다.

"가운데 건물은 공력을 시험하는 것 같고, 오른쪽 건물은 검술이나 권법인 것 같다."

조금 전에 가운데 건물에서 비틀거리며 걸어나온 시험생도는 오른팔을 감싸 안았고 입에서 핏덩이를 흘렸다.

그것은 과도한 공력을 사용했을 때 나타나는 증상이다. 오른팔을 감싸 안은 것은, 오른손으로 무엇인가를 전력으로 가격하거나 밀었다는 뜻이다.

오른쪽 건물에서 업혀 나온 시험생도는 옷이 갈가리 찢어졌고 온몸에 멍투성이였다.

그 모습은 무기가 아닌 목검이나 뭔가 둔탁한 것에 온몸을 흠씬 두들겨 맞은 것이 분명했다.

그리고 전신에 멍이 들었다는 것은 그 건물 안에 검법이나 권법을 시험하는 무엇인가가 있다는 증거다.

“과연……."

진운상이 나직이 감탄을 흘려내며 기개세를 쳐다보았다.

지금 기개세가 하고 있는 ‘관문에 대한 사전모의’가 대정숙에서 금지하는 불법인 줄은 알고 있으나 아무도 그러지 말자고 제지하지 않았다.

누구보다 정의롭고 선한 소옥군과 진운상마저도 얼굴 가득 안도의 표정까지 떠올리며 기뻐했다.

그만큼 대정숙의 네 번째 관문은 모두의 숨통을 조이고 있었던 것이다.

“나는 가운데 건물로 들어가겠다.”

기개세가 진지하게 말했다.

모두들 기개세의 그런 진지한 모습은 처음 보았다.

“경공이나 보법에 자신이 있으면 왼쪽 건물로, 공력이라면 가운데 건물, 검법과 권법이라면 오른쪽 건물이다. 모두 잘 생각해서 결정해라.”

그러고 나서 그는 손가락 하나를 치켜세웠다.

“단, 내 추측이 틀릴 수도 있다.”

그러나 그의 추리가 틀릴 것이라고 생각하는 사람은 아무도 없었다.

모두 잔뜩 쪼그린 자세로 무릎과 어깨를 맞대고 앉아 있었는데, 기개세의 오른쪽에는 소옥군이, 왼쪽에는 손진이 있었다.

누가 시키지도 않았는데, 이 무리가 형성된 이후 그녀들은 자연스럽게 기개세의 곁에 붙어서 다녔다.

기개세는 여전히 진지한 얼굴로 제일 먼저 소옥군을 보며 물었다.

"군아, 너는 무엇에 자신있지?"

"경공이에요. 소녀는 왼쪽 건물로 가겠어요."

"진아, 너는?"

얼마 전까지만 해도 기개세를 죽이는 꿈을 매일 밤마다 꾸었던 손진은 지금 더없이 사랑스러운 표정으로 그를 바라보면서 속삭였다.

"저도 경공이에요. 고마워요."

기개세는 고개를 끄덕인 후 나머지 사람들을 두루 천천히 쳐다보았다.

낙성검가는 말 그대로 검가다. 검법에 능하다는 뜻이다. 그래서 유석과 유정은 당연히 오른쪽 건물을 선택했다.

진운상은 가운데 건물을 선택했다.

예로부터 소림무공은 거의 모두가 심후한 내공이 밑바탕이 되지 않으면 연마하지 못한다고 했다.

그러므로 소림사 장문인의 제자인 진운상의 내공이 심후할 것은 주지의 사실이다.

그때 소옥군이 갑자기 가볍게 몸을 움찔! 했다.

그리고는 기개세를 바라보았다. 하지만 그는 뭔가 생각하는 듯 여태까지보다 더 진지한 표정을 지은 채 약간 고개를 숙인 모습이었다.

기실 그 순간 기개세의 두 손은 양쪽에 앉은 소옥군과 손진의 궁둥이를 슬슬 더듬고 있는 중이었다.

두 소녀가 다 쪼그리고 앉아 있으니 궁둥이를 쑥 뒤로 뺀 자세라서 더듬기에는 이보다 더 좋을 수 없었다.

더구나 궁둥이가 땅에서 떠 있으니 그녀들의 소중한 부위도 무방비 상태로 노출되었다.

소옥군이 움찔 놀란 반면에 손진은 눈이 조금 커졌을 뿐 곧 잠자코 있었다.

비록 어쩔 수 없는 상황이었다고는 하지만, 손진은 자신의 알몸을 고스란히 기개세에게 보인 적이 있었다.

원래 증오와 사랑은 종잇장 한 장 차이다. 증오하기 때문에 사랑하는 것이고, 사랑하기 때문에 증오한다는 뜻이다.

구화산의 그 사건 이후 손진은 기개세를 갈아먹어도 시원치 않을 만큼 증오했었다.

그러나 지금은 그를 조금도 증오하지 않는다. 그렇다면 증오가 사라진 자리를 무엇이 채웠겠는가.

손진은 기개세의 손이 닿아 있는 궁둥이가 찌릿찌릿하더니 금세 온몸이 달아오르고 얼굴이 붉어졌다.

기개세의 손은 점점 밑으로 내려가더니 두 소녀의 항문을 더듬었다.

손진의 입술이 반쯤 벌어지며 달뜬 숨결이 새어 나왔다.

마침내 기개세의 두 손이, 아니, 손가락 끝이 항문을 지나 두 소녀의 옥문을 향해 슬며시 미끄러져 내렸다.

"꺄욱!"

다음 순간 그는 뒤로 쏜살같이 붕 날아가 아름드리나무에 등짝이 정통으로 부딪쳤다.

소옥군은 눈을 내리깔고 일어나 숲 밖으로 걸어가면서 예의 아름다운 옥음으로 매정하게 중얼거렸다.

"저 사람은 시험도 치기 전에 탈락할지도 모르겠군요."

기개세가 자신의 궁둥이만 만지는 줄 알았던 손진이나 유석, 유정은 놀란 표정으로 벌떡 일어났다.

하지만 진운상은 어떻게 된 영문인지 대충 짐작하고 씁쓸한 미소를 머금었다.

"유 소협!"

"둘째 오빠!"

갑자기 손진과 유정이 비명을 지르면서 나무 아래에 쓰러져 입에서 게거품을 토해내고 있는 기개세를 향해 나는 듯이 달려갔다.

기개세를 비롯한 어섯 명이 세 채의 건물을 향해 다가갔다.

걸어가다가 소옥군과 손진은 왼쪽 건물로, 기개세와 진운

상은 가운데 건물, 유석과 유정은 오른쪽 건물, 세 방향으로
나누어졌다.

기개세의 분석 덕분에 모두들 아까보다는 많이 여유로워
진 표정들이었다.

기개세는 물론 다른 다섯 사람은 그의 분석을 완벽하게 확
신하지는 않는다.

만에 하나 분석이 맞으면 불행 중 다행이지만, 틀리더라도
개의치 않는다.

그렇다고 해도 기개세는 큰 역할을 해주었다. 모두의 마음
에 깊이 드리워져 있던 불안감을 사라지게 했고, 그 대신 자
신감이 넘치게 해주었다.

"어구구……."

기개세는 절뚝거리면서 손으로 등을 문질렀다. 조금 전에
소옥군에 의해서 날아가 등을 나무에 거세게 부딪쳤기 때문
에 아직도 욱신거렸다.

신음 소리에 모두들 그를 쳐다보았다.

그 와중에도 그는 왼쪽 건물로 걸어가면서 이쪽을 바라보
고 있는 소옥군과 손진을 향해 오른손 중지손가락 하나를 치
켜세워 보였다.

소옥군은 얼굴이 화끈해서 급히 그를 외면했다.

하지만 손진은 얼굴을 발그레 붉히면서 곱게 기개세를 흘
겨보았다.

사실 소옥군에 의해서 날아가기 직전 기개세의 손가락은 두 소녀의 옥문에 닿았었다. 비록 찰나지간이지만 만진 것은 만진 것이다.

소옥군이나 손진은 기개세가 자신의 것만 만졌다고 생각하고 있었다.

그래서 지금 기개세가 중지손가락 하나를 세우고 있는 것이 자신에게만 보내는 신호라고 생각하는 것이다.

"유 형, 내가 먼저 시도하겠소."

그때 진운상이 말하면서 기개세를 스쳐 지나갔다. 자신의 공력이 조금 더 심후할 것이라고 판단했기 때문이다.

하지만 우월감은 아니었다. 등을 다친 기개세가 조금 더 쉴 수 있도록 배려를 하기 위함이다.

턱!

"아서, 내가 먼저야."

기개세는 진운상의 옷자락을 잡아당기며 그를 앞질러 갔다.

사실 이들 무리 여섯 사람 중에서 아마도 기개세의 공력이 가장 낮거나 낮은 사람과 비슷할 것이다.

그런데도 그가 공력을 필요로 하는 관문에 도전을 하는 것은 나름대로 믿는 구석이 있기 때문이다.

그가 믿는 것은 오른손, 즉 옥수다. 지난번에 낙성검가를 떠났을 때 스스로 감정을 조절해서 오른손을 옥수로 만들어

마도고수 한 명을 박살 냈던 적이 있었다.

이후 이따금씩 그 방법을 연습했는데 어떨 때는 성공하고 운 나쁘면 실패하기를 반복했다.

그런데 낙양성에 도착하고 나서 세 번 연습했는데 세 번 모두 성공했다.

그 성공은 모두 한 가지 생각을 떠올렸을 때 이루어졌다.

그가 갈병에 걸려서 죽어가고 있을 때 갑자기 시원하고 달콤한 물을 실컷 마셨던 일을 생각하니까 신기하게도 오른손이 옥수로 변했다.

그래서 그는 자신이 여태까지 잘못 생각하고 있었다는 사실을 깨달았다.

그때까지만 해도 그는 절박한 상황에서만 오른손이 옥수로 변한다고 생각했는데, 사실은 감정의 큰 동요가 있어야지만 가능한 것이다.

어쨌든 지금 그는 자신이 마음먹은 대로 감정을 조절할 수 있고, 그래서 옥수를 만들 수 있다고 믿었다.

건물 입구에는 한 명의 정시고수가 우뚝 서 있었는데, 손에는 두툼한 문서를 들고 있었다.

"이름."

"유영입니다."

짧은 문답을 주고받은 후 정시고수는 문서에서 유영의 것을 찾아낸 후 고개를 끄덕였다.

“입실(入室)!”

멈추었던 기개세가 건물 입구로 막 걸음을 옮기려는데 귀에 익은 목소리가 잔잔하게 고막을 두드렸다.

“꼭 성공해요.”

소옥군의 감미로운 옥음이다.

기개세가 재빨리 왼쪽을 쳐다보자 막 건물 안으로 들어가면서 이쪽을 바라보고 있는 소옥군과 눈이 마주쳤다.

“군아!”

순간 기개세가 걸음을 멈추고 큰 소리로 그녀를 불렀다.

소옥군은 놀란 얼굴로 눈을 동그랗게 뜨고 기개세를 바라보았다.

기개세는 자신이 들어갈 건물을 가리키면서 절박한 표정으로 외쳤다.

“나 지금 여기에 들어가면 두 번 다시 널 못 볼지도 몰라! 그러니까 나를 마지막으로 보는 것이라 생각하고 가르쳐 줘! 그때 내가 갈병에 걸렸을 때 먹었던 물이 뭐였지?”

그의 난데없는 외침에 모두들 크게 당황해서 어쩔 줄을 몰라 허둥거렸다.

소옥군은 깜짝 놀랐다가 급히 건물 안으로 들어가 버렸다.

그 직전에 기개세는 그녀의 얼굴이 노을처럼 빨개지는 것을 똑똑히 봤다.

'어째서 그 물 얘기만 나오면 군아 얼굴이 빨개지는 거지?'

그때 정시고수의 불호령이 떨어졌다.

"이 말이 끝날 때까지도 그곳에 서 있는 모습이 보인다면 탈락이다!"

第二十七章

만점자가 되다

쿵!

기개세가 안으로 들어서자 등 뒤에서 문이 육중하게 닫히는 소리가 들렸다.

실내는 어둡지 않았다. 그 이유는 지붕이 없기 때문이다. 위가 훤히 뚫려 있어서 파란 하늘이 고스란히 보였다.

그런데 실내에는 아무것도 없었다. 단지 기개세의 다섯 걸음 앞에 밝은 색의 석벽이 가로막혀 있을 뿐이다.

기개세가 가까이 다가가서 살펴보니 석벽의 한가운데에 '추(推)'라는 한 글자가 적힌 종이가 붙어 있었다. 즉, 밀라는 뜻이다.

더 자세히 살펴보니 종이 위아래로 가느다란 선이 그어져 있었다. 두 개의 석벽이 가운데에서 포개져 있는 것이다.

즉, 강한 힘으로 한가운데를 밀면 두 개의 석벽이 문처럼 좌우로 열리게끔 된 장치다.

기개세는 종이 앞에 발을 약간 넓게 벌리고 우뚝 서서 자세를 잡고 마음을 가라앉힌 후 공력을 극한으로 끌어올려 두 손에 모아 석벽에 댔다.

이어서 전력을 다해 석벽을 밀었다.

“으으…….”

그러나 석벽은 꿈쩍도 하지 않았다. 마치 수만 근 무게의 바윗덩이 같았다.

‘역시 옥수를 사용할 수밖에 없나?’

내심 중얼거리고는 눈을 지그시 감고 갈병이 걸렸을 때의 기억을 떠올리려고 애썼다.

쏴아아!

너무도 생생한 기억이다. 지금도 그 기억을 떠올리기만 하면 심신이 날아갈 듯이 상쾌해지고 목구멍 안으로 콸콸 달콤한 물이 쏟아져 들어오는 느낌이었다.

다음 순간 눈을 번쩍 뜨며 오른손을 들어 올렸다.

‘됐다!’

그가 바라던 대로 오른손이 손목까지 옥수로 화해 투명광을 흩뿌리고 있었다.

하지만 아직 기뻐하기는 이르다. 아무리 옥수로 화했다고
해도 석벽을 밀어내지 못하면 아무 소용이 없다.

"흐으읍!"

기개세는 길게 숨을 들이마시고는 옆구리에 붙였던 오른
팔을 한껏 뒤로 당겼다가 전력을 다해 밀어냈다.

꽈르릉!

천번지복(天飜地覆)의 엄청난 폭음이 터지자 세 건물 앞에
서 대기하고 있던 유정, 진운상, 손진, 그리고 정시고수 세 명
이 크게 놀라 급히 주위를 두리번거렸다.

그리고는 곧 모두의 시선이 가운데 건물 위쪽으로 향했다.

그곳에서는 희뿌연 흙먼지가 매캐하게 피어오르고 있었
다.

세 명의 정시고수와 유정, 진운상, 손진이 가운데 건물 입
구로 구르듯이 달려갔다.

그들은 가운데 건물 안에서 무슨 사고가 벌어진 것이 틀림
없다고 생각했다.

평소 같으면 시험생도가 시험을 치르는 목적 외에 관문 안
으로 들어가는 것은 엄두도 못 낼 일이지만 지금은 상황이 다
르다.

그런데 실내로 달려들어 간 여섯 사람은 그 자리에 얼어붙
어 대경실색한 표정을 지었다.

실내에는 두 개의 커다란 석벽이 좌우로 활짝 벌어진 채 양쪽의 벽에 기대어 쓰러져 있었다. 석벽의 두께는 무려 두 자에 달했다.

그리고 그 두 개의 석벽 오른쪽과 왼쪽 가장자리 중간 부분이 반월(半月) 모양으로 커다랗게 깨진 모양이었다.

만약 두 개의 석벽을 원래의 위치에 세워서 맞물려 놓는다면, 한복판에 직경 반 장가량의 커다란 원이 뚫린 것을 보게 될 것이다.

바닥에는 잘게 부서진 얼음 조각들이 흩어져 있었는데, 너무도 엄청난 일이라 정시고수들과 유정 등은 그것에는 미처 신경을 쓰지 못했다.

"둘째 오빠!"

그때 유정이 날카롭게 외치면서 쓰러져 있는 석벽 아래쪽으로 달려가 살펴보았다.

너무 놀란 나머지 미처 기개세의 안위를 생각하지 못했던 손진과 진운상은 깜짝 놀라 급히 기개세를 찾아보았다.

그러나 실내 어디에서도 기개세의 모습은 보이지 않았다.

그때 어디선가 명랑한 외침이 들려왔다.

"하하하! 군아! 너도 통과했구나!"

그것은 분명히 기개세의 목소리인데 뒷문 밖에서 들렸다.

세 명의 정시고수가 번개같이 실내를 가로질러 달렸다. 관문을 통과한 사람은 뒷문을 통해서 밖으로 나가게 되어 있다.

하지만 뒷문 밖으로 달려나간 세 명의 정시고수와 유정, 손진, 진운상은 그곳에 차가운 얼굴로 서 있는 소옥군 한 사람밖에 발견하지 못했다.

쿵!

"캑!"

그리고 잠시 후 저 멀리 풀밭에 하늘에서 뚝 떨어진 기개세가 볼썽사납게 나뒹굴며 단말마의 비명을 질렀다.

관문을 통과한 소옥군을 얼싸안고 엉덩이를 쓰다듬다가 또다시 처절한 대가를 치른 기개세다.

네 번째 관문에 들어가기 전에 기개세가 한 분석은 거의 완벽하게 일치했다.

그 덕분에 기개세를 비롯한 여섯 명 모두가 무사히 네 번째 관문에 입격할 수 있었다.

관문을 통과하고 나서 자신이 들어갔던 관문이 어땠었는지 서로 정보를 주고받은 후, 기개세를 제외한 다섯 명은 그의 분석이 아니었으면 기개세와 진운상 단 두 명만 통과했을 것이라고 생각했다.

기개세의 분석을 듣기 전에 진운상은 마음속으로 오른쪽 건물을 염두에 두고 있었다.

분석을 듣고 난 후에 가운데 건물로 바꿨으나 결국은 오른쪽 건물의 관문을 통과할 수밖에 없었다.

가운데 관문은 기개세가 아예 석벽을 붕괴시켜 버려서 기능이 마비됐기 때문에 더 이상 시험을 치르기가 도저히 불가능해서 다른 관문을 선택해야만 했던 것이다.

어쨌든 기개세 일행 중에서 가장 무공이 출중한 진운상은 세 관문 중 어느 곳을 선택했더라도 통과했을 것이다.

반면에 기개세의 분석을 듣기 전에 소옥군은 가운데 관문을, 손진은 오른쪽을, 유석과 유정은 똑같이 왼쪽 관문을 마음속으로 점찍어두고 있었다.

만약 그대로 실행했더라면 결과를 장담하지 못했을 것이다.

소옥군은 공력 면에서 열세고, 손진의 검법은 그런대로 쓸 만하지만 그녀가 오른쪽 관문을 통과한다는 성패 확률은 반반이었다.

경공과 보법인 왼쪽 관문을 선택하려고 했던 유석과 유정이 가장 취약한 부분이 바로 보법이다. 만약 그대로 실행했으면 무조건 다리가 부러지면서 탈락했을 것이다.

기개세 일행은 그런 후담(後談)을 주고받으면서 가슴을 쓸어내렸다. 그러면서 기개세에게 깊은 고마움을 느꼈다.

이후 기개세 일행은 정시고수의 인솔을 받아 어느 전각으로 이동했다.

그곳은 대정숙의 네 관문을 모두 통과한 최종 입격자들이 모여서 대기하는 곳이었다.

기개세 일행이 들어갔을 때 그곳에 있는 사람은 다섯 명뿐이었다.

그들은 매우 초조해하면서도 칠십이 명 중에서 자신들 다섯 명만 통과했다는 의기양양한 표정을 짓고 있었다.

그들 중에는 처음부터 무리를 이루었던 사람도 있었다. 그러나 온전하게 통과한 무리는 하나도 없었다.

최초에는 일곱 개 정도의 무리가 있었으나 그중 다섯 개 무리는 무리 전체가 모두 탈락했고, 두 개의 무리에서 각 한 명씩 두 명이 최종 선발되었다.

그들은 실내로 들어서는 기개세 일행을 발견하고 눈을 휘둥그렇게 뜨며 놀랐다.

일곱 개의 무리가, 아니, 칠십이 명 전체가 갈기갈기 찢어졌는데도 불구하고 기개세 일행은 무슨 일이 있었느냐는 듯한 명도 탈락하지 않고 건재했기 때문이다.

"자네들… 방을 잘못 찾은 것 아닌가?"

그래서 그중 한 명은 심지어 그렇게 묻기까지 했다.

그러자 늘 과묵하고 점잖으며 예의 바른 유석이 오늘만큼은, 아니, 지금 이 순간만큼은 마냥 뻐기고 싶다는 충동을 뿌리치지 못해 가슴을 내밀며 으쓱거렸다.

"아! 보아하니 그런 것 같군. 이곳은 탈락자들의 방인가? 다들 슬픈 표정이니까 말일세. 그렇다면 우리 여섯 사람은 최종 입격자들의 방을 다시 찾아 가야겠군."

그는 말도 많아졌다. 당연한 일이다. 자신들 여섯 명이 최종 선발된 것이 자신의 정말로 잘난 아우인 기개세 덕분이기 때문에 기가 살아날 대로 살았다.

그는 놀란 표정의 다섯 명을 느긋하게 쳐다보면서 의기양양하게 한술 더 떴다.

"자네들, 혹시 최종 입격자들의 방이 어딘지 가르쳐 주지 않겠는가?"

그러자 웃음을 참고 있던 기개세 일행 모두가 파안대소를 터뜨렸다.

"푸핫핫핫핫!"

"호호호홋!"

소옥군마저도 박속처럼 하얀 이를 드러내고 목젖이 보일 정도로 크게 입을 벌리며 명랑하게 웃었다.

십 년 묵은 체증이 뚫리듯, 모두들 눈물이 나올 정도로 웃고 또 웃었다.

기개세는 소옥군의 웃는 모습을 바라보면서 눈부신 듯 눈을 반개했다.

'군아는 정말 예쁘다.'

그에게 소옥군은 월궁(月宮)에 살고 있다는 항아(姮娥)나 춘추시대 월나라의 미인 서시(西施)보다 더 아름다운 소녀였다.

소옥군을 표현하라면, 고금에 누구하고도 비교할 미녀가

없다는 만고절색(萬古絶色) 한마디뿐이다.

기개세 일행이 자리를 잡고 앉은 후, 반 시진이 지나는 동안에 여섯 명이 더 들어왔다.

도합 열일곱 명. 오늘의 최종 입격자의 수다.

그중에 여자는 네 명뿐이며, 소옥군과 유정, 손진, 그리고 아미파의 속가제자라는 소녀 한 명이었다.

칠십이 명 중에 무려 오십오 명이 탈락된 것이다.

대정숙의 담은 지나칠 정도로 높았다.

*　　　*　　　*

'천지신명이시여… 제발…….'

대정숙의 거대한 전문이 마주 바라보이는 길 건너 다루의 이층 창가에 앉아 있는 하여상은 벌써 수백 번도 더 넘게 그 말을 입속으로 되뇌고 있었다.

기개세 삼 남매를 대정숙 안으로 들여보내고서도 그녀는 집으로 돌아가지 않았다.

아이들이 시험을 잘 치르고 있는지, 탈락하지는 않았는지, 마음이 너무 초조해서 돌아갈 수가 없었다.

혹시 세 아이 중에서 누군가 탈락하여 잔뜩 풀이 죽어 나오면 품에 꼭 안고는 다음 기회를 노리자고 위로해 줘야지 하는 마음도 작용을 했다.

그래서 대정숙 전문이 곧바로 내려다보이는 다루 이층에 자리를 잡고 앉아서, 세 시진이 지난 지금까지 전문에서 시선을 떼지 못하고 있는 것이다.

그녀는 오늘 대정숙에 도전한 시험생도가 몇 명인지도 모르고 있다.

그런데 기개세 삼 남매가 전문 안으로 들어간 지 한 시진이 좀 지났을 때 시험생도로 보이는 소년, 소녀들이 전문 밖으로 떼 지어 걸어나왔다.

그들은 울면서 나오던가 아니면 전문을 나서자마자 울음을 터뜨리기도 하는 등 한결같이 초상집 분위기였다.

하여상은 그들이 첫 번째 관문의 탈락자라는 사실을 어렵지 않게 알아보았다.

눈여겨서 일일이 세어보니 열다섯 명이었는데 조마조마한 마음으로 여러 차례 살펴봐도 다행히 기개세 삼 남매의 모습은 보이지 않았다.

그로부터 한 시진이 지난 후에 두 번째 관문의 탈락자 다섯 명이 전문 밖으로 나왔다.

그들 역시 울거나 크게 낙심한 표정이었으며, 이번에도 그들 중에 기개세 삼 남매의 모습은 없었다.

하여상의 조마조마했던 마음이 점차 희망으로 바뀌어갔다.

그리고 지금 그녀가 눈도 깜빡이지 않고 바라보고 있는 가운데 마지막 네 번째 관문의 탈락자들이 대정숙의 전문을 나오고 있었다.

'오십오 명…….'

첫 번째 탈락자부터 숫자를 세고 있던 그녀가 오십오 명까지 세었을 때다.

쿵!

대정숙의 전문이 육중한 소리를 내며 굳게 닫혔다.

"아……!"

하여상은 부르르 몸을 떨었다.

전문이 닫혔다는 사실은 이제 더 이상 탈락자가 나오지 않을 것이라는 뜻이다.

또한 그것은 기개세 삼 남매가 모두 입격했다는 뜻이기도 하다. 어머니의 간절한 기원이 하늘에 닿은 것이 분명했다.

눈을 깜빡이자 두 눈에 가득 고여 있던 기쁨의 눈물이 주름진 뺨을 타고 주르르 흘러내렸다.

"고맙다. 그리고 모두 애썼다. 어미는 너희가 너무도 자랑스럽구나……."

눈물을 닦을 생각도 하지 못하고 그녀는 흐느끼듯 조그맣게 중얼거렸다.

그리고 흐르는 눈물 너머로 기개세의 환하게 웃는 준수한 얼굴이 나타났다.

　　　　　*　　　*　　　*

　오늘 시험을 담당했던 정시사들이 모두 한자리에 모였다.

　시험생도 칠십이 명 중에서 대거 오십오 명을 탈락시키고 십칠 명을 입격시킨 장본인들이다.

　그들은 오늘 자신이 담당했던 시험생도에 대한 점수를 적은 채점지(採點紙)를 방금 전에 정시사들의 우두머리인 정시장로(正試長老)에게 제출했다.

　대정숙에는 다섯 명의 장로, 즉 대정오로(大正五老)가 있으며, 그들이 대정숙 내의 거의 모든 중요한 업무를 총괄하고 있었다.

　정시사들이 제출한 종이에는 자신이 담당했던 시험생도의 점수가 상중하(上中下)로 매겨져 있고, 그것들은 또다시 상중하로 세분되었다.

　말하자면 가장 높은 점수는 상지상(上之上)이고 가장 낮은 점수는 하지하(下之下)다.

　네 개의 관문에서의 평균 점수가 중지하(中之下)부터 아래 점수면 탈락이고, 중지중(中之中)부터 이상이면 입격이다.

　즉, 중지하가 두 개 이상이면 탈락, 중지중이 두 개 이상이면 입격이다.

　정시장로는 점수가 적힌 채점지를 두 뭉치로 나누었다. 많은 것이 탈락자들이고 적은 쪽이 입격자들이다.

그는 한동안 입격자 채점지를 살펴보다가 그중에서 네 장을 빼들었다.

네 장 중에서 그의 시선을 사로잡는 채점지가 한 장 있었다.

네 관문 모두 상지상을 받아 종합점수가 상지상이라고 매겨진 시험생도였다.

채점지의 맨 위 상단에는 시험 대상의 신분이 적혀 있었다.

호북 광화현 낙성검가 차남 유영.

"유영이라……."

대정숙 백오십칠 년 역사 중에 시험에서 종합점수를 상지상을 받은 생도는 모두 합쳐서 이십칠 명에 불과했었다. 이번까지 치면 이십팔 명이다.

시험이 매월 한 차례씩 열리며 평균 입격자가 십오 명에서 이십 명 수준이라는 것을 감안했을 때, 백오십칠 년 동안 종합점수 상지상을 받은 사람이 이십팔 명뿐이라는 사실은 오륙 년에 한 명 꼴로 희귀하다는 것이다.

"상지상이 호북성 벽촌의 낙성검가에서 나오다니… 이것은 뜻밖이로군."

정시장로는 채점지를 조금 더 들여다보다가 다른 세 장의 채점지를 나란히 펼쳤다.

세 장은 차점자들로 모두 상지상중중(上之上中中)이었다.

그것은 두 관문에서 상지상을, 다른 두 관문에서 상지중을 받았다는 뜻이며, 매우 높은 점수다.

세 장의 채점지 상단에는 각기 소옥군, 진운상, 선우현(鮮于賢)이라는 이름이 적혀 있었다.

"장로님, 드릴 말씀이 있습니다."

그때 네 번째 관문을 담당했던 정시사 중 한 명이 공손히 입을 열었다.

정시장로가 말하라는 듯 눈길을 던지자 정시사는 놀라움을 억누르는 듯한 표정으로 말했다.

"만점자인 낙성검가의 유영이 네 번째 관문 중에 추암만관(推岩萬關)의 추암을 부숴 버렸습니다."

"뭐라? 두께 두 자의 추암을 부숴?"

"그렇습니다."

"사실인가?"

"제 눈으로 분명히 확인했습니다."

정시장로는 벌떡 자리에서 일어났다.

"안내하게."

추암만관 안의 석벽을 추암이라고 하는데 그 무게가 족히 만 관이라서 관문의 이름도 추암만관이라고 한다.

그런데 대정숙 백오십칠 년 역사 중에 시험생도가 만 관 무게의 추암을 부순 경우는 단 한 번도 없었다.

“꾸액!”

쿵! 퍽! 퉁!

또다시 은근슬쩍 소옥군의 엉덩이를 쓰다듬던 기개세는 실내를 가로질러 허공을 붕 날아가 맞은편 벽에 거세게 부딪쳤다가 바닥에 떨어졌다.

“둘째 오빠!”

“유 소협!”

이번에도 유정과 손진이 처절하게 부르짖으며 달려가 기개세를 부축했다.

그러나 이번에는 소옥군이 기개세를 느닷없이 집어 던지는 광경을 몇 사람이 목격했다. 그들 중에는 유정과 손진도 포함되었다.

“천궁 소저! 왜 우리 오빠를 집어 던진 거죠? 아까도 천궁 소저의 짓이었죠?”

유정과 손진이 기개세를 양쪽에서 부축하여 다가오다가 유정이 소옥군에게 정색으로 따져 물었다.

그녀는 기개세가 소옥군의 엉덩이를 만지는 것은 보지 못했다. 만약 봤다면 더 두드려 패라고 소옥군의 역성을 들었을 것이다.

소옥군의 명성이 높아서 유정이 그녀에게 따지고 드는 것이 조심스럽기는 하지만 기개세의 안위와 비교할 바는 못 되기 때문이다.

소옥군은 담담한 표정으로 아무 말 없이 눈을 내리깐 채 다소곳이 앉아 있었다.

그녀가 무엇 때문에 갑자기 기개세를 집어 던졌는지 아는 사람은 그녀와 진운상뿐이었다.

기개세는 그렇게 당하고서도 벙글벙글 웃으면서 소옥군 곁으로 다가왔다.

또한 소옥군은 그가 자신의 몸을 만지는 것은 싫어하면서도 그가 곁에 앉는 것에 대해서는 뭐라고 하지 않았다.

"둘째 오빠, 거기에 앉지 말고 이쪽으로 앉아요."

유정이 소옥군 옆에 앉으려는 기개세를 다른 자리로 잡아 끌었다. 그녀의 목소리에 왠지 날이 서 있었다.

한바탕 소요는 곧 가라앉았다. 이제부터 시작될 대정숙에서의 생활 때문에 모두들 극도로 긴장하고 있기 때문이다.

척!

그때 방문이 열리고 한 명의 홍의고수가 들어섰다.

중년인이며 다부진 체격인데 허리에는 한 자루 도를 찼고, 왼쪽 가슴에 '정법(正法)' 이라는 두 글자가 수놓아진 것으로 미루어 정법고수인 듯했다.

정법고수(正法高手)는 대정생도들의 거주지 내에서의 생활 전반을 담당한다.

즉, 오백여 명에 이르는 대정생도들을 직접 관리하는 중추적인 역할의 고수들이었다.

지금 들어선 정법고수는 왼쪽 팔꿈치 위 팔뚝에 두 개의 붉은 띠가 그어져 있었다.

다섯 명의 정법고수를 휘하로 거느리고 대정생도 거주지 내에서 한 채의 전각을 책임지고 있는 정법장령(正法將領)의 신분이라는 뜻이다.

"나는 정계령(正癸領)입니다."

정법장령은 꼿꼿한 자세를 유지하며 높낮이없는 건조한 목소리로 말문을 열었다.

대정숙의 모든 고수들, 즉 정도고수(正道高手)들은 대정생도에게 정중한 예의를 갖추게 되어 있다. 그러므로 존대를 하는 것은 당연하다.

이유는 단순명료하다. 대정생도들은 하나같이 장차 정파를 이끌어 나갈 간성(干城)들이기 때문에 함부로 대할 수 없는 것이다.

실내에 있는 신입 대정생도 대부분은 '정계령' 이 무엇을 뜻하는지 즉시 알아들었다.

대정숙의 오백여 대정생도들은 십 등급으로 나뉘는데, 그것을 대정십등이라고 한다.

십간(十干)을 십등으로 나눈 것이며, 제일 상위가 십간의 첫 번째인 갑등(甲等), 그다음이 두 번째인 을등(乙等), 병등(丙等) 순서이고 최하위가 십간의 마지막인 계등(癸等)이다.

즉, 이제 갓 들어온 신입 대정생도가 최하위 계등에 속하고, 조만간 수료하게 될 최고참 선배 대정생도가 최상위 갑등에 속한다.

대정생도들이 십간의 어디에 속해 있느냐에 따라서 갑도(甲徒), 을도(乙徒), 계도(癸徒) 등으로 부른다.

그러므로 실내에 들어온 정법장령은 계등을 관할하는 다섯 정법고수의 우두머리인 정법계등장령(正法癸等將領)인 것이다. 대정숙에선 그것을 줄여 '정계령(正癸領)'이라고 부른다.

"정계령이 뭡니까?"

긴장된 표정으로 정계령을 주시하고 있는 생도들 틈에서 천진난만한 듯한 목소리가 흘러나왔다.

정계령과 십육 명 생도들의 시선이 일제히 목소리의 임자, 즉 기개세에게 집중됐다.

기개세를 알고 있는 다섯 사람은 씁쓸한 표정이고, 다른 사람들은 '뭐 이런 게 다 있어?' 하는 표정을 지었다.

정계령은 잠시 기개세를 쳐다보다가 시선을 거두고는 다시 말을 이었다.

"이제부터 여러분은 숙소인 십등전(十等殿)으로 이동하게 될 것입니다."

십등전은 대정생도들의 숙소인 열 채의 전각을 말한다.

"그전에 정계령이 무슨 뜻인지 말씀해 주십시오."

정계령의 말끝에 누군가 불쑥 그렇게 요구했다.

그러나 그것은 기개세의 목소리가 아니었다.

모두의 시선이 방금 말한 사람에게 집중되었다.

그는 십팔구 세가량의 나이에 산뜻하고 깨끗한 남의경장을 입었으며, 부리부리한 눈에 약간 각진 턱과 우뚝 솟은 코를 지닌 꽤 영준한 용모였다.

그는 정계령의 시선을 정면으로 받으면서도 흔들림없이 자신의 의견을 얘기했다.

"대정숙의 법규에는 생도의 정당한 질문을 무시해서는 안 된다고 명시되어 있지 않습니까?"

그러자 정계령은 가볍게 그러나 정중하게 고개를 숙이며 사과했다.

"미안합니다, 선우현 생도. 여러분을 정법총령(正法總領)께 인사드리는 시간이 늦어져서 실수를 했습니다."

그의 예의는 나무랄 데 없이 깍듯했다.

또한 그는 남의경장의 소년 이름이 선우현이라는 사실을 알고 있었다.

그것은 그가 이 방에 있는 십칠 명의 신상명세를 이미 충분히 숙지하고 있음을 보여주는 것이다.

"정법총령께 인사드리는 것이 늦어진 이유가 우리 때문이 아니잖습니까?"

선우현은 물러나지 않았다. 그렇다고 집요하게 물고 늘어지는 표정이나 말투도 아니었다. 단지 담담한 얼굴로 조용히

지적을 할 뿐이다.

“그렇습니다. 내가 다른 일로 늦었습니다.”

정계령은 자신 때문에 늦어졌음을 시인하고 나서 모두들 알고 있으나 기개세와 유석, 유정만 모르고 있는 사실, 즉 ‘정계령’이 무엇인지에 대해서 자세히 설명해 주었다.

물론 선우현은 지금 정계령이 설명하고 있는 사실들을 잘 알고 있었다.

그러면서도 구태여 기개세의 요구를 관철시키려고 애쓴 이유는 기개세를 위해서가 아니라 이미 정해져 있는 원칙을 지키기 위함이다.

원칙이란 지키기 위해서 존재한다. 그것을 지키지 않으면 더 이상 존재할 가치가 없는 것이다, 라는 것이 선우현의 평소 지론이었다.

그는 정파인(正派人)이란 이런 것이다, 라는 것을 행동으로 보여주는 골수 정파인이었다.

第二十八章

드디어 대정생도!

대정숙은 전체 둘레만 약 이십여 리에 달할 정도로 어마어마한 규모다.

그렇더라도 삼백여 채의 전각을 수용하기에는 지나치게 광활하다.

삼백여 채의 전각 중에서 대정생도들의 학습과 무공 수련에 사용되는 전각이 이백여 채다.

대정숙은 여러 구역으로 멀찌감치 띄엄띄엄 나뉘어져 있으며, 그중에서 무공을 수련하는 구역이 제일 크고 그다음이 생활하는 구역인데, 그곳은 바깥세상의 명승지를 여러 개 옮겨놓은 것처럼 뛰어난 절경을 자랑한다.

때는 신시(申時:오후 4시).

기개세를 비롯한 십칠 명의 신입 대정생도들은 정법총령의 집무실로 안내되었다.

정법관(正法館)이라고 불리는 그 전각은 높이 십오륙 장의 야트막한 인공 가산 꼭대기에 위치한 삼 층 건물이다.

그곳에는 정법고수들의 우두머리인 정법총령을 비롯한 육십 명의 정법고수들의 집무실이 있었다.

"어서 오십시오."

사십오륙 세 정도의 홍의단삼을 입은 중키에 짧고 검은 수염을 기른 인물이 실내로 들어서는 십칠 명의 대정생도 일행을 입구까지 나와서 미소 띤 얼굴로 맞이했다.

정계령과 마찬가지로 그 역시 대정생도들에게 깍듯한 예의와 존대를 갖추었다.

기개세 일행은 오른쪽에 일렬로 늘어섰고, 그 옆으로 다른 십일 명이 길게 늘어섰다.

십칠 명이 일렬로 늘어섰는데도 공간이 남을 만큼 실내는 매우 넓고 정갈했다.

정법총령은 십칠 명의 다섯 걸음 앞에 마주 보고 섰고, 이들을 인솔해 온 정계령은 정법총령과 십칠 명 사이 왼편에 꼿꼿한 자세로 섰다.

정법총령은 포권을 하며 정중히 입을 열었다.

"나는 정법총령입니다. 여러분이 대정생도가 되었음을 진심으로 축하합니다.”

이어서 맨 오른쪽에 선 진운상부터 기개세 일행 여섯 명과 다른 십일 명을 한 명씩 차례로 훑듯이, 그러나 날카롭게 살펴보았다.

“이번 시험생도 중에서 대정숙 사상 스물여덟 번째 만점자가 나왔습니다.”

자신들의 점수에 대해서는 아무것도 모르고 있던 십칠 명의 대정생도들은 적잖이 놀라는 표정을 지었다.

그러나 유석과 유정은 곧 그 사람이 기개세라는 사실을 짐작했다.

다른 사람들은 따로 시험을 치렀으나, 유석과 유정은 네 관문 동안 줄곧 기개세와 함께 시험을 치렀으며, 그가 얼마나 잘했는지 잘 알고 있었다.

그렇더라도 기개세가 만점자라니, 이것은 너무도 놀랍고 기쁜 일이다.

“낙성검가의 유영 생도.”

이름이 불려지자 기대하고 있던 유석과 유정의 얼굴 가득 기쁨이 넘쳐흘렀다.

“네!”

자신의 이름이 호명되자 기개세는 부동 자세를 취하며 힘차게 대답했다.

그의 그런 모습에서 불과 얼마 전에 무창성에서 사고뭉치에 버릇없이 지내던 형편없는 모습은 눈을 씻어도 찾아볼 수가 없었다.

지금도 어김없이 기개세의 좌우에 서 있는 소옥군과 손진이 벼락을 맞은 듯한 얼굴로 급히 그를 쳐다보았다.

순간 '설마?' 하는 표정이 떠올랐다가 사라지고 더할 수 없는 기쁜 표정이 그녀들의 얼굴 가득 떠올랐다.

그녀들이 지금 바라보고 있는 기개세의 옆모습은 무엇과 비교할 수 없을 정도로 늠름하게 빛났다.

한 사람, 선우현을 제외한 모든 사람이 기개세를 보면서 놀라움과 부러움, 그리고 기쁨의 표정을 지었다.

정법총령은 기개세를 보며 온화한 미소를 지었다.

"대정숙이 현재 두 명의 만점자를 동시에 보유하고 있다는 것은 실로 자랑스러운 일입니다."

두 명의 만점자라는 말에 기개세를 제외한 십육 명은 다시 한 번 크게 놀랐다.

대정숙 역사 백오십칠 년 동안 기개세까지 이십팔 명밖에 배출되지 않은 만점자가 동시대에, 그것도 같은 대정숙 안에 두 명이나 존재하고 있다는 사실은 진정 놀라운 일이다.

정법총령은 진심 어린 표정을 지으며 말을 이었다.

"대정숙 역사상 만점자들의 평균 수료 기간은 이 년 반이었습니다. 가장 빠른 생도가 일 년 십 개월, 가장 늦은 생도가 이 년 구 개월이었습니다."

"아……."

십칠 명의 대정생도 중에 누군가의 입에서 나직한 탄성이 흘러나왔다.

대정숙이 생긴 이래 수료하는 데 걸리는 전체적인 평균 기간은 사 년이다.

그리고 대대로 대정숙에 존재해 왔던 다섯 개 파벌, 즉 오청반 내에서도 선두를 유지하는 생도들의 평균 기간이 삼 년이라고 했다.

그런데 만점자들의 평균 기간은 그보다도 반년이나 빠른 이 년 반이고, 가장 빨랐던 생도가 불과 일 년 십 개월이라고 하니 어찌 놀라운 일이 아니겠는가.

십칠 명 중에서 몇 사람을 제외하곤, 자신들이 평균적인 수료 기간 사 년 안에 수료할 수 있을까를 염려하고 있는 판국에 일 년 십 개월이라는 짧디짧은 기간은 실로 경이로운 사건이다.

"유영 생도에게 거는 기대가 큽니다."

정법총령은 포권을 해 보이며 고개를 크게 끄덕였다.

앞으로 대정숙 내에서의 활약과 최단 수료 기간 일 년 십 개월을 줄이는 기록을 내보라는 뜻이었다.

이어서 그는 소옥군과 진운상, 선우현을 호명한 후 미소를 지었다.

"세 명은 동점 차점자입니다. 축하합니다."

생각지도 않았던 소식에 소옥군과 진운상은 얼굴 가득 기쁜 표정을 떠올렸다.

그러나 선우현은 조금도 기뻐하지 않고 오히려 우울한 표정으로 약간 고개를 숙이고 있다가 불쑥 물었다.

"현재 대정숙 내에 차점자는 몇 명이나 됩니까?"

그러자 옆에 서 있는 정계령이 선우현에게 주의를 주었다.

"말을 할 때에는 앞에 꼭 호칭을 부르도록 하십시오."

원칙을 좋아하는 선우현은 즉시 정중히 포권을 하며 다시 물었다.

"총령님, 현재 대정숙 내에 차점자는 몇 명이나 됩니까?"

정법총령이 정계령을 쳐다보자 그가 대신 대답했다.

"여기에 있는 세 명의 생도까지 삼십사 명입니다."

대정숙에는 비밀이 없다. 궁금한 것을 물으면 특별한 경우 외에는 모두 알려준다.

선우현이 다시 물었다.

"조금 전에 만점자가 한 명 더 있다고 하셨는데, 그는 누굽니까?"

역시 정계령이 대답했다.

"정등(丁等)의 나운상(羅雲祥)입니다."

대정십등의 네 번째가 경등이다.

선우현의 얼굴에 설핏 놀라움이 떠올랐다.

"여자입니까?"

"그렇습니다. 아미파 속가제자입니다."

"음!"

선우현의 입술 사이로 무거운 신음이 자신도 모르는 사이에 흘러나왔다.

기개세 외에 또 한 명의 만점자가 여자라는 사실에 한 사람을 제외하곤 십육 명 모두 놀라는 표정을 지었다.

놀라지 않은 사람은 아미파의 속가제자인 소녀로 이름은 우연(禹娟)이고, 겁이 많은 듯 커다란 두 눈에 순진무구하고 앳된, 그리고 귀여운 용모인데 나이는 십육 세다.

그녀는 스물일곱 번째 만점자가 자신과 같은 사문인 아미파 출신이라는 사실을 이미 알고 있었고, 그로 인해서 남다른 자부심을 품고 있었다.

그런데 또 자신과 같은 동기생 중에서 만점자가 탄생했다는 사실에 마음속으로 자기 일처럼 기뻐했다.

정법총령이 마지막 정리를 했다.

"생활을 하다가 어려움이나 건의할 일이 있으면 언제든지 나를 찾으십시오. 내가 해결할 수 없는 문제는 정법장로(正法長老)께 보고하여 해결하도록 하겠습니다."

정법장로야말로 정법관의 최고 우두머리이며 대정오로 중 한 명이다.

"공읍(拱揖)!"

그때 갑자기 정계령이 쩌렁쩌렁한 목소리로 외쳤다.

그러자 진운상과 소옥군, 손진, 선우현, 아미파 속가제자 우연을 비롯한 열 명이 즉시 두 손을 맞잡아 머리 위로 들어 올렸다가 허리로 내리면서 정법총령을 향해 공손히 허리를 굽혔다.

그러자 정법총령은 포권지례로 깊숙이 고개를 숙여서 답례했다.

공읍이 무언지 몰라서 순간적으로 당황하여 예를 취하지 못한 사람은 기개세와 유석, 유정을 비롯한 일곱 명이었다.

바로 여기에서 명문 중에서도 명문가와 그냥 명문가의 차이점이 확연히 드러났다.

"재(再) 공읍!"

정계령이 재차 호령하자 이번에는 십칠 명 모두 방금 전 열 명이 취했던 예를 일사불란하게 취했고, 정법총령도 재차 답례를 했다.

대정십등이 거주하는 열 채의 전각은 매우 넓은 장소에 띄엄띄엄 위치해 있었다.

그곳이 엄격한 규율 속에서 생활하는 대정생도들의 거처인 십등전이라고는 추호도 믿어지지 않을 정도로 평화롭고 수려한 풍광이었다.

또한 전각들이 하나도 똑같은 것이 없었다. 어떤 것은 단층이고, 또 어떤 것은 탑처럼 높은 누각 형태이며, 또 어떤 것은 지붕이 구름처럼 드리워진 삼 층 건물이었다.

전각의 모양은 제각각이지만 하나의 공통점이 있었다. 전각을 비롯한 주변의 경관이 흡사 무릉도원인 양 아름답고 그윽하다는 사실이다.

어느 것은 연꽃이 군락을 이루고 있는 인공 호수 한가운데 위치했고, 어떤 것은 계류가 휘돌아 흐르는 옆에, 그리고 또 어느 것은 수만 송이 꽃이 흐드러지게 피어 있는 꽃밭 속에 파묻히듯 위치해 있었다.

정계령의 안내로 대정십등의 거처인 십등전을 향해서 가던 기개세 일행 십칠 명은 너무도 아름다운 전경에 넋을 빼앗긴 채 두리번거리기에 바빴다.

여북하면 내내 굳은 표정이던 선우현마저도 눈을 크게 뜨고 입을 벌린 채 전경을 구경하고 있겠는가.

정계령은 생도들을 재촉하지 않고 마음껏 구경하도록 내버려 두었다.

모두들 구경하느라 여념이 없을 때 한 가지 이상한 사실을 깨달은 사람은 기개세 혼자뿐이었다.

'우리밖에 없다.'

그가 서 있는 곳에서 보이는 전각은 십등전 중에서 네 채뿐이지만, 사람이라곤 자신들 십팔 명을 제외하곤 그림자조차 발견할 수가 없었다.

"아무도 안 보이는군요. 모두 어디에 있습니까?"

그가 불쑥 묻자 그제야 다른 사람들도 그 사실이 이상하다
는 표정을 지었다.

정계령이 대답을 하지 않자 기개세는 자신이 호칭을 붙이
지 않았다는 사실을 깨닫고 다시 물었다.

"정계령님, 모두 어디에 있습니까?"

그제야 정계령은 네 채의 전각을 두루 가리키며 담담하게
대답했다.

"무공 연마를 하거나 서원(書院)에서 학습을 하고, 또 더러
는 거처 안에 있을 겁니다."

"아무도 안 보이잖습니까?"

"그야 거처에서 아무도 나오지 않으니까 당연합니다."

"아무도 나오지 않는다는 말입니까?"

"그렇습니다."

이번에는 기개세가 모르는 다른 소년이 물었다.

"왜 나오지 않는 것입니까? 산책을 하거나 볼일을 보러 나
올 수도 있지 않습니까?"

정계령은 정중한 표정을 지었다.

"왜 아무도 나오지 않는지 그 이유는 여러분도 곧 알게 될
것입니다."

그 말을 듣고 모두들 이해할 수 없다는 표정을 지었다.

기개세를 비롯한 십칠 명이 안내된 곳은 인공 호수의 오른

편에 있는 오백여 장 둘레의 아담한 숲 속에 위치한 이 층짜리 전각이었다.

전각은 그다지 크지 않았으나 그렇다고 작은 규모도 아니었다.

전각 주변까지 나무가 울창했으며, 입구에는 아담한 공터가 있고, 지붕 위로 키 큰 낙락장송들이 휘늘어진 광경이 무척이나 고풍스러웠다.

일행은 전각 입구 위쪽 현판에 '계생전(癸生殿)'이라고 구름 같은 필체로 적힌 글씨 아래를 통과하여 차례로 안으로 들어갔다.

입구 안쪽은 폭 오 장여의 제법 넓은 공간이고, 왼쪽에 하나의 방이 있으며, 오른쪽에는 이층으로 뻗은 계단이 있었다.

공간에는 두 명의 정법고수가 나란히 서서 들어오는 사람들을 맞이했다.

맞이했다고는 하지만 그저 장승처럼 우뚝 서 있다가 맨 마지막에 들어서는 정계령을 발견하고 포권을 하며 정중히 허리를 굽힌 것뿐이다.

기개세는 정면인 전각의 안쪽을 살펴보고 있었다. 폭 일 장 정도의 복도가 길게 뻗어 있었는데 양쪽에 각각 세 개씩의 방문이 보였다. 그렇다면 일층에는 공간 왼쪽의 방까지 도합 일곱 개의 방이 있는 셈이다.

그가 복도 안쪽을 가리키면서 뭐라고 물어보려는데, 정법고수 한 명이 재빨리 손가락을 입에 대며 말하지 말라는 손짓을 해 보였다.

그 이유가 일층 방 안에 있는 대정생도, 즉 계도들을 절대 방해해서는 안 되기 때문이라는 사실을 기개세와 일행은 오래지 않아서 깨닫게 되었다.

정계령이 묵묵히 이층으로 뻗은 계단을 올라가자 누가 먼저랄 것도 없이 발소리를 내지 않으려고 조심스럽게 그 뒤를 따라 올라갔다.

계단을 다 오르자 하나의 묵직한 문이 가로막고 있었다.

톡톡.

정계령이 손가락 끝으로 들릴 듯 말 듯 가벼이 두드리자 곧 문이 열렸다.

문은 매우 크고 두꺼운데도 불구하고 열리면서 아무런 소리도 나지 않았다. 일행이 모두 들어가자 문이 닫혔다. 역시 소리는 나지 않았다.

이층은 일층과 비슷한 구조였다. 다른 것이 있다면 입구에 넓은 공간이 없다는 것이다.

그 이유는 아마도 계단 때문인 듯했다. 그 대신 자그마한 공간이 있었다.

그리고 그곳에 일층처럼 두 명의 정법고수가 나란히 서 있었다. 그들은 정계령을 보자 공손히 포권지례를 했다.

십칠 명의 대정생도들이 아담한 공간에 반원형으로 늘어

섰고, 그 앞에 정계령과 두 명의 정법고수가 마주 섰다.

정계령이 두 명의 정법고수를 가리켰다.

"이들은 계정사(癸正四)와 계정오(癸正五)입니다. 앞으로 이곳 계생전 이층, 즉 여러분의 손발이 되어드릴 사람들이니 무엇이든 지시하십시오."

그런데 정계령은 일층에서와는 달리 말을 했다. 나직한 목소리지만 민감한데다 공력을 지니고 있는 대정생도의 귀에는 똑똑하게 들릴 것 같았다.

정계령은 이상하게 생각하는 대정생도들의 의문을 오래 끌지 않았다.

"이곳에서는 말을 해도 됩니다. 방음(方音)이 잘되어 있기 때문입니다."

"정계령님, 큰 소리를 내도 괜찮습니까?"

대정생도 중 한 명이 궁금한 듯 묻자 정계령은 고개를 끄덕였다.

"그렇습니다. 어떤 소리라도 밖으로 새어나가지 않습니다. 하지만 될 수 있으면 큰 소리는 내지 않는 편이 좋습니다."

모두들 정계령이 소개한 계정사와 계정오가 '계생전정법 고수사호(癸生殿正法高手四號)와 오호'라는 호칭을 줄인 것이라는 것을 짐작할 수 있었다. 빠르게 대정숙에 적응하고 있다는 증거다.

소개를 받은 계정사와 계정오가 대정생도들을 향해 정중

히 포권지례를 했다.

정법고수들은 홍의경장을 입는다. 계정사는 호리호리한 체구에 키가 크고 강파른 인상이며, 계정오는 중키에 다부진 체격, 짙은 눈썹과 두툼한 입술을 지녔다.

정계령은 걸음을 옮겨 복도로 향했고 그 뒤를 대정생도들이, 맨 뒤에 계정사와 계정오가 따랐다.

척!

여섯 개의 방 중에서 정계령은 복도의 첫 번째 오른쪽 방문을 열고 안으로 들어갔다.

"이곳은 재당(齋堂:식당)입니다. 주야를 막론하고 아무 때나 사용할 수 있으며, 어떤 요리라도 만들어 드립니다."

재당을 본 대정생도들은 모두 환한 표정을 지었다. 마음에 쏙 들었기 때문이다.

재당 안은 매우 넓었다. 바깥세상의 웬만한 주루 하나를 그것도 최고급 주루를 통째로 옮겨놓은 듯했다.

길쭉한 사각인데 입구 맞은편은 온통 커다란 창이고 그것들을 위로 밀어 올려 활짝 열어놓아서 오후의 눈부신 햇살이 파도처럼 쏟아져 들어와 실내를 밝혔다.

입구 왼쪽 끝에서 창까지, 그리고 그곳에서 오른쪽으로 꺾여 다시 끝까지 거리가 십삼 장 정도고 식사를 하는 탁자는 모두 일곱 개다.

그리고 입구 오른쪽은 주방이다. 그곳에는 세 명의 여자가 깨끗한 흰옷을 입은 채 나란히 서 있었다.

한 여자는 사십대 중반의 풍채 좋은 중년 여인이었는데 이 곳 재당의 숙수(熟手)이며 책임자로 재당주(齋堂主)이고, 두 여자는 이십 세 전후로 재당의 하녀였다.

술을 좋아하는 기개세가 중년 여인 재당주에게 다가가 넌지시 물었다.

"술도 있소?"

재당주는 사람 좋은 미소를 지으면서 대답했다.

"물론이에요. 언제나 십여 종류의 미주(米酒)를 준비해 두고 있으며 생도께서 원하실 때마다 맛있는 요리와 함께 내어 드립니다."

오늘 밤에 당장 한잔해야겠다고 생각하는 기개세의 입 안에 벌써 침이 고였다.

정계령이 두 번째로 보여준 곳은 재당 맞은편에 있는 방이었다. 그가 방문을 열자 대정생도 몇 명이 나직한 탄성을 터뜨렸다.

그곳은 서고(書庫)였다. 재당과 같은 크기이며, 삼면 벽이 모두 천장까지 닿는 높은 서가(書架)인데 거기에는 족히 수만 권은 됨직한 서책들이 빼곡하게 꽂혀 있었다.

그리고 입구 맞은편 창 쪽에는 편안하게 앉거나 누워서 독서를 할 수 있도록 여러 종류의 의자들, 즉 장의자(長椅子)나 요의자(搖椅子:흔들의자), 좌의자(坐椅子:바닥의자) 등이 골고

루 갖추어져 있었다.

얼마나 안락한 분위기였는지 책을 싫어하는 기개세조차도 이곳을 보는 순간 갑자기 독서를 하고 싶다는 생각이 들었을 정도였다.

정계령은 이어서 두 개의 방을 더 소개했다.

재당 옆방은 전창(殿倉:창고)이다. 무기에서부터 각종 옷 종류와 식재료에 이르기까지 없는 것이 없을 정도의 비품들이 가득 쟁여져 있었다.

전창 맞은편 방은 편좌방(便坐房:휴게실)이다. 넓은 공간에 아늑한 분위기여서 대화를 나누거나 휴식을 취하기에 최적의 장소였다.

이윽고 정계령과 십칠 명의 대정생도는 마주 보고 있는 마지막 두 개의 방문 앞에 이르렀다.

"이 두 개의 방이 여러분이 지낼 곳입니다. 현재 두 방은 다 비어 있습니다."

정계령은 두 개의 방을 번갈아 가리키면서 설명했다.

"방 하나에 정원 열 명입니다. 이곳에서는 거의 모든 것이 자율적이므로 여러분이 어느 방을 선택하느냐를 결정해야 합니다. 말해두지만, 두 방은 구조가 똑같습니다."

그의 말에 대정생도 몇 명은 두 개의 방문을 번갈아 쳐다보았다.

하지만 아무도 먼저 방을 선택하지 않았다.

"정계령님, 저는 이 방으로 하겠습니다."

이윽고 기개세가 왼쪽 방을 가리키며 입을 열었다.

다른 이유는 없다. 그 방 창문에서 어쩌면 호수가 보이지 않을까 하는 작은 바람 때문이었다.

"저도 이 방으로 하겠습니다."

"저도!"

"저도요."

기개세의 말이 끝나기 무섭게 여섯 명이 거의 동시에 외치듯이 말했다.

소옥군과 진운상, 손진, 유석, 유정이 그러는 것은 이해를 할 수 있겠는데, 아미파 속가제자인 우연이 번쩍 손까지 들면서 외치는 것은 뜻밖이었다.

"저도 이 방으로 정하겠습니다."

그때 골똘히 생각에 잠겨 있던 선우현이 불쑥 말했다. 그가 기개세와 같은 방을 선택한 것은 우연이 그랬던 것보다 더 의외의 일이다.

이후 두 명의 청년이 더 기개세의 방에 합류했다.

그들이 기개세를 선택한 이유는 선우현과 같았다. 만점자가 있는 방에 함께 있으면 뭐라도 하나 배울 것이 있을 테고, 또 유리할 것이라는 판단에서다.

십칠 명 중에 열 명이 기개세와 같은 방을 쓰게 되었다.

열 명 정원인데 맞은편 방은 자연히 나머지 일곱 명의 몫으로 낙찰되었다.

그들 중에 몇 명은 만점자와 세 명의 차점자가 모두 함께 있는 방에 선택되지 못한 것을 몹시 아쉬워했다.

"이제 자신의 방에 들어가서 대정숙에서의 생활을 시작하십시오. 모두에게 행운이 있기를 빕니다."

정계령은 그렇게 말하고 물러갔다.

기개세를 비롯한 열 명은 기대 어린 표정을 지으면서 왼쪽 방으로 들어갔다.

다음 순간 그들은 적잖이 놀라는 표정을 지었다. 자신들이 방금 전까지 상상하던 것하고는 완전히 다른 광경이 펼쳐져 있었기 때문이다.

우선 방이 엄청 컸다.

열 명이 모여 서 있는 방문 입구 쪽은 제법 넓은 공간이며 세 개의 탁자와 십여 개의 의자가 가지런히 놓여 있는 휴식 공간이었다.

방문 정면으로는 왼쪽 끝에서 오른쪽 끝까지가 무려 삼십 여 장은 될 듯했다.

또한 그곳에는 방문들이 일렬로 죽 늘어섰으며, 각 방문의 간격은 이 장 반쯤 됐고 도합 열한 개였다.

기개세 일행 열 명은 모두 입구의 공간에 모여 있을 뿐 아무도 먼저 움직이지 않았다.

모두들 이 새로운 환경에서 기개세가 먼저 움직여야만 자신들도 따라서 움직이는 것이라고 암묵적으로 약속한 듯한 분위기였다.

저벅저벅.

이윽고 기개세가 정면의 방을 향해 천천히 걸음을 옮겼다.

뚝.

그러다가 왼쪽에서 여섯 번째 방문 앞에서 걸음을 멈추더니 즉시 방문을 열었다.

척!

"나는 이 방으로 하겠어."

두 사람을 제외하곤 아무도 그가 느닷없이 방을 정할 줄은 예상하지 못했다.

그 두 사람은 대정숙의 네 관문을 통과한 이후 한시도 기개세의 곁을 떠나지 않고 그림자처럼 붙어서 다니던 소옥군과 손진이었다.

두 소녀는 기개세가 방문을 열자마자 곧바로 그의 방 좌우의 방문을 열었다.

"저는 이 방으로 하겠어요."

"여긴 제 방이에요."

"이 방은… 앗!"

그런데 세 사람의 목소리가 동시에 들렸다. 그런데 한 사람 목소리는 중간에 잠시 끊어졌다가 나중에 다급한 외침으로 변했다.

기개세 좌우의 방문을 연 사람은 소옥군과 우연이었다.

그리고 방문을 열려다가 외침을 터뜨린 사람은 손진이다.

원래 기개세 양옆에 찰싹 붙어 있던 소옥군과 손진은 그가 하나의 방문을 선택하여 열자마자 재빨리 좌우의 방문을 열었었다.

그런데 손진보다 찰나지간 더 빠르게 방문을 연 자그마한 손이 있었다.

바로 우연이다.

그녀는 어느새 손진 옆에 그림자처럼 붙어 있다가 그녀가 방문으로 손을 가져가는 순간 그보다 더 빨리 방문을 열어버린 것이다.

"너… 어디서 감히……."

손진은 방문을 연 채 다소곳이 서 있는 우연을 고압적으로 쏘아보며 눈을 부라렸다.

우연은 보통 여자들보다 체구가 작고 가녀린데다 손진보다 키도 한 뼘이나 작았다.

그렇게 연약해 보이는 우연을 늘씬한 키와 육감적인 몸매를 지닌 손진이 고압적으로 굽어보며 화를 내자 모두의 눈에 손진은 늑대고 우연은 보호해야 할 연약한 한 마리 토끼로 비쳐졌다.

"잘못했어요. 언니가 이 방을 쓰세요……."

더구나 우연은 작고 해쓱한 얼굴에 비해서 너무나 큰 두 눈에 찰랑찰랑 눈물을 가득 머금은 채 겁에 질려 비칠비칠 물러나면서 기어드는 소리로 겨우 말했다.

"이런……."

손진은 바보가 아니다. 우연의 그런 모습을 보고 자신의 실수를 즉시 깨달았다.

아니나 다를까. 그녀가 사람들을 둘러보니 모두들 우연을 가련한 표정으로, 손진을 못마땅한 눈빛으로 쳐다보고 있지 않은가.

급기야 우연은 눈물을 후드득 흘리면서 안색이 더욱 창백해지며 거듭 용서를 빌었다.

"저는 단지… 유영 상공이 너무 좋아서……."

거기까지 말한 그녀는 자신이 실언을 했다는 사실을 깨닫고 크게 당황해서 허둥지둥했다.

"아! 아니… 그게 아니고… 유영 상공과 가까이 있으면… 좋겠다는… 아아… 뭔가 많이 배우고… 또 그를 가까이에서 느낄 수 있고… 아니, 그건 아니에요. 하지만… 저는……."

변명을 하려던 그녀는 더욱 말이 꼬여서 나중에는 자포자기하는 표정으로 비 오듯이 눈물만 주룩주룩 흘렸다.

만약 지금 이 자리에서 손진이 우연의 방을 억지로 뺏는다면 그녀는 두고두고 손가락질을 당할 게 분명했다.

"나는 이 방으로 하겠소."

“저는 이 방이 좋겠어요.”

그때 어수선한 틈을 타서 소옥군의 오른쪽 옆방을 진운상이, 우연과 손진이 각축을 벌이고 있는 방의 왼쪽 옆방을 유정이 자신의 방으로 정했다.

그다음에 유정 방의 왼쪽 옆방을 유석이 차지했으며, 그 왼쪽 옆방을 한 명의 청년이, 그리고 진운상 방의 오른쪽 옆방을 다른 한 명의 청년이, 열 번째 방을 선우현이 자신들의 방으로 정했다.

남은 방은 입구에서 가장 가까운 첫 번째 방과 창 쪽에 가까운 마지막 열한 번째 방 두 개가 남았다.

손진은 여기에서 물러날 수 없다고 생각했다. 물러나면 첫 번째 방이나 마지막 방 중에서 하나를 고를 수밖에 없다.

그녀에겐 기개세가 있는 곳이 중원 한복판이고 멀어질수록 변방이다.

하지만 손진은 구태여 우연과 노른자위 방을 놓고 다툴 필요가 없게 되었다.

우연이 제 발로 물러나 첫 번째 방을 향해 묵묵히 걸어가기 시작한 것이다.

“……!”

속으로 쾌재를 부르던 손진은 다음 순간 움찔했다.

걸어가는 우연의 뒷모습이 너무도 쓸쓸하고 또 불쌍하게 보였기 때문이다.

그러자 그녀의 가슴 저 밑바닥에서 무엇인가 묘한 감정이
꿈틀! 했다.

철이 들기도 전부터 가문의 수많은 사람들로부터 귀가 닳
도록 배운, 그래서 이제는 그들보다 더 투철하게 정신무장이
되어 있는 그 '정의심' 이라는 것이다.

과연 정의심은 무엇인가? 강자를 물리치고 약자를 돕는 것
이 아닌가?

그런데 지금 손진이 강자가 되었고, 우연은 한없이 연약한
약자가 되어 있는 것이다.

자신이 보기에도 그렇거늘, 다른 사람들이 도대체 어떤 마
음으로 우연을 바라보고 있을지는 길게 생각해 보지 않아도
알 수 있었다.

모르긴 해도 지금 모든 사람들이 손진의 뒤에서 결과를 지
켜보고 있을 것이다.

"거기 멈춰요."

마침내 결정을 내린 손진은 첫 번째 방문 앞에 도착한 우연
을 불러 세웠다.

"네?"

우연은 눈물 범벅인 얼굴에 겁먹은 표정을 가득 떠올린 채
손진을 바라보았다.

"여기 이 방을 쓰도록 해요."

손진이 기개세 왼쪽 방을 가리키자 우연의 얼굴에 믿을 수

없다는 표정이 가득 떠올랐다.

"정… 말인가요?"

"우리 벽검문 사람들은 절대 약자를 괴롭히지 않아요. 또한 한 입으로 두말을 하지도 않지요."

손진은 꽤나 자랑스럽게 그런 말을 했다.

우연은 환한 표정을 짓더니 쏜살같이 달려와서 손진에게 거듭 허리를 굽혔다.

"고마워요. 이 은혜 죽어도 잊지 않겠어요."

"뭘 이까짓 것을 은혜라고……."

손진은 우연에게 방을 양보하기를 잘했다는 생각을 하며 흐뭇한 미소를 지었다.

'아무렴. 대벽검문의 소문주인 손진이 약자를 괴롭혀서야 되겠어?

우연은 감격에 겨운 표정으로 자신의 방이 된 방문 앞으로 다가갔다.

손진은 여태까지 광경을 지켜본 사람들이 이제는 과연 어떤 표정을 짓고 있을지 궁금해서 잔뜩 기대하는 표정으로 천천히 몸을 돌렸다.

"……."

그런데 아무도 없다. 기개세를 비롯하여 모두 자신들의 방으로 들어가 방문까지 닫은 상태다.

뒤통수를 커다란 쇠망치로 호되게 얻어맞은 듯한 충격을

받은 손진이 넋 나간 얼굴로 우연을 쳐다보자, 그녀는 마지막
으로 꾸뻑 허리를 굽혔다.

"언니, 정말 고마워요."

탁!

그리고는 방문이 닫혔다.

아무도 없는 복도에 혼자 한참이나 서 있던 손진은 그제야
한 가지 사실을 뼈저리게 깨닫고는 자신의 첫 번째 방으로 힘
없는 발걸음을 옮겼다.

약자는 우연이 아니라 손진 자신이었던 것이다.

第二十九章

최고가 되겠다!

大夫

대사부

　방에 들어선 기개세는 방문을 등지고 우뚝 서서 팔짱을 낀 채 천천히 실내를 살펴보았다.

　실내는 생각했던 것하고는 딴판이었다. 향화일로등일잔(香火一爐燈一盞), 중의 거처 같지는 않더라도 최소한 그보다는 조금 나을 것이라던 생각은 순전히 기우였다.

　방은 꽤 크고 깨끗했다.

　가로 폭은 이 장 반(약 7.5m), 세로 길이가 무려 칠 장(약 21m)이나 됐다.

　실내는 무척 잘사는 명문가의 여러 개의 방을 하나로 합쳐 놓은 것처럼 꼭 필요한 물건들과 장식, 가구들이 더 이상 손보지 않아도 될 장소에 제대로 놓여 있었다.

방문 정면 끝에는 하나의 문이 있고, 문 좌우에는 벽 끝까지 화대(花臺)가 놓였으며, 그곳에는 여러 종류의 꽃들과 난초들이 흐드러지게 피어 있었다.

또한 화대 위쪽에는 반투명한 별완지(別浣紙:창호지)를 바른 커다란 창이 각각 하나씩 있으며 그곳으로 밝은 햇살이 쏟아져 들어왔다.

그리고 양쪽 벽 끝에는 둘둘 말린 휘장이 비단 끈에 묶여 있는데, 그것을 풀어서 펼치면 창을 덮어 빛이 들어오는 것을 막을 수 있도록 하였다.

기개세는 오랫동안 그 자리에서 움직이지 않았다.

그의 흡족한 미소가 머금어져 있는 입이 점점 벌어졌다.

그러더니 어느 순간 입이 찢어져서 귀에 걸리고, 두 눈에는 세상을 다 가진 듯한 기쁨이 가득 떠올랐다.

"으랏차차! 내가 해냈다!"

그는 주먹을 쥐고 허공에 대고 크게 휘두르면서 외쳤다.

네 관문에 입격한 후 참고 참았던 기쁨을 이제야 터뜨리는 것이다.

그러자 바로 오른쪽 방에서 옥을 굴리는 듯한 명랑한 외침이 들려왔다.

"이얏! 나도 해냈어!"

소옥군이다.

"꺄악! 제가 대정생도가 되었어요!"

이번에는 왼쪽 옆방의 우연이 비명을 질렀다.

그 뒤를 이어 마치 봇물이 터지듯 여기저기에서 기쁨에 겨운 외침이 한동안 터져 나왔다.

하지만 끝까지 선우현의 외침은 들리지 않았다.

기개세는 음미하듯 느릿느릿 걸으면서 실내를 두리번거렸다.

입가에는 흡족한 미소가 떠올랐고, 머릿속에서는 어떤 각오가 구름처럼 피어올랐다가 서서히 뇌리에 각인(刻印)되고 있었다.

'해내고야 말겠어!'

속으로 강하게 외쳤다.

'반드시 대정숙 최고가 되고 말겠다!'

그 말은 마음속으로 더욱 크게 외쳤다.

사도구련 총련을 떠나기 전에는, 대정숙이 있는 낙양성까지 갔다가 오는 데 왕복 두 달이 걸리고, 대정숙을 수료하는 데 한 달, 도합 석 달이면 충분히 돌아올 수 있다고 큰소리 뻥뻥 친 그였다.

하지만 이제는 그런 허무맹랑한 소린 하지 않는다. 그는 방금 전에 마음속으로 하나의 뚜렷한 목표를 세웠다.

대정숙에서 최고가 되겠다는 것이다.

대정숙을 얼마나 빨리 수료하는가, 라는 것이 문제가 아니라 최고가 되는 것이 중요하다고 생각했다.

대정숙을 일 년 십 개월 만에 수료한 기록을 갖고 있는 사람보다 더 강해진다면 결과적으로 기개세가 이기는 것이 되지 않겠는가.

아니, 그는 꼭 누구에게 이기기 위해서 최고가 되겠다는 것이 아니다.

그는 배움이라는 것, 배움이 지니고 있는 갖가지 신기한 것들의 묘미를 조금쯤 알게 되었다.

그리고 남들보다 강하다는 것이 얼마나 신나는 일인지도 깨달았다. 그래서 최고가 되고 싶은 것이다.

최고가 되고 난 다음에 어떻게 할 것인지 그것까지는 아직 생각하지 않았다.

지금은 하고자 하는 넘치는 의욕만으로도 충분하다. 지금 그에게 필요한 것은 목적의식이지 이유가 아니다.

더구나 너무도 근사한 일이 있다. 자신의 여자로 꼭 만들고 싶은, 세상에서 가장 아름다운 소옥군과 함께 생활하게 되었잖은가. 그보다 멋진 일이 어디에 있겠는가.

어느덧 그는 방의 막다른 곳, 또 하나의 방문 앞에 이르러서 자연스럽게 방문을 열었다.

척!

쏴아아…….

방문을 열자마자 초가을의 싱그러운 바람이 온몸으로 불

어왔다.

지금 그가 온 마음으로 느끼고 있는 최상의 기쁨만큼이나 상쾌한 바람이었다.

‘응?’

문득 그는 문밖을 보고 흥미있다는 표정을 지었다.

그곳은 노대(露臺:발코니)였다. 가로 이 장(약 6m), 세로 일 장 반(약 4.5m) 정도 크기인데 아담한 탁자와 두 개의 의자, 그리고 빙 둘러 난간이 둘러쳐져 있었다.

그런데 난간 너머 울창한 숲 사이로 무언가 반짝이는 것이 있었다.

오후의 햇살이 호수에 부딪쳐서 반짝이는 것이 나무 사이로 보이는 것이었다.

그가 원했던 대로 방에서 호수가 보였다. 아니, 노대라는 예상치 못했던 것까지 있으니 그 이상이다.

문득 오른쪽 옆을 보니 그곳에도 똑같은 노대가 있었으며 이쪽과의 난간 사이 거리는 반 장 남짓이었다.

그가 쳐다보고 있는 노대는 오른쪽이니까 소옥군의 방에 있는 것이다.

그는 그곳을 잠시 바라보았다.

‘이제 군아가 나올 것이다.’

그러면서 속으로 중얼거렸다.

‘지금 나올 것이다.’

척!

그가 속으로 두 번 중얼거렸을 때 소옥군의 방문이 열리고 은은한 광휘가 노대 쪽으로 뿜어져 나왔다. 그의 눈에만 보이는 소옥군의 몸에서 뿜어지는 빛이다.

기개세가 보고 있는 것을 모르는 듯 시원한 바람에 온몸을 내맡긴 소옥군이 고개를 뒤로 약간 젖히면서 비취쌍조잠을 뽑으며 머리를 가볍게 흔들었다.

그러자 삼단같이 길고 검은 머리카락이 물결처럼 출렁이고 또 옷자락이 펄럭였다.

그녀는 한껏 상쾌함을 만끽한 후에 다시 머리를 틀어 올려 손에 쥐고 있던 비취쌍조잠을 머리에 꽂았다.

그러다가 옆 노대에 서서 자신을 빤히 주시하고 있는 기개세를 발견하고 깜짝 놀란 표정을 지었다.

그리고는 기개세를 바라보며 환한 미소를 지어 보였다.

그 미소를 보는 기개세는 심장과 머릿속, 뼛속까지 행복으로 가득 들어차는 느낌이었다.

그가 무슨 말을 하려고 하자 소옥군이 급히 희고 긴 손가락 하나를 세워 입술에 댔다. 이곳은 바깥이니까 말을 하지 말라는 뜻이다.

기개세는 난간으로 다가가서 상체를 길게 빼고는 아래층을 굽어보았다.

바로 아래층에도 똑같은 노대가 있었는데 그곳의 문은 굳게 닫혀 있었다.

아니, 그 방만이 아니라 일층의 노대로 통하는 모든 문이 닫혀 있었다.

일층도 이층과 같은 구조이며 기능을 갖고 있다면, 일층 방 안에서 내는 소리가 밖으로 새어 나오지 않을 것이고, 또한 이곳에서 하는 말이 그곳까지 들리지 않을 것이다.

그렇지만 기개세는 소옥군이 원하는 대로 아무 말도 하지 않았다.

그녀가 죽으라면 진짜 죽을 수도 있다는 생각이 든 것은 그때였다.

자신의 방에서 나온 기개세는 주변을 둘러보다가 천천히 마지막 열한 번째 방문으로 향했다.

선우현이 열 번째 방을 선택했고 열한 번째 방은 아무도 선택하지 않았었다.

척!

방문을 열고 들어서던 그의 얼굴에 이채가 떠올랐다.

생도들이 열한 번째 방을 선택하지 않았던 것은 우연한 일이었지만, 이곳은 다른 용도의 방이었다.

우선 이 방은 생도들의 방을 두 개 반 정도 합쳐 놓은 것만큼 컸다.

그리고 입구에서부터 오른쪽 벽면에 여러 종류의 수백 자루 무기들이 질서정연하게 비치되어 있었다.

바닥에는 용이 수놓아져 있는 두툼한 용문석(龍紋席:돗자리)이 빈틈없이 깔려 있고, 입구 정면 막다른 곳에는 한 줄에 다섯 개씩 두 줄 열 개의 석대(石臺)가 놓여 있었다.

이곳은 무공을 수련하는 연공실이었다. 매우 넓어서 열 명이 한꺼번에 무기를 들고 날뛰면서 수련을 해도 여유가 있을 듯했으며, 널찍한 석대는 올라가 가부좌로 앉아서 운공조식을 하는 곳이었다.

기개세는 연공실을 이리저리 건성으로 둘러보다가 다시 밖으로 나왔다.

문을 닫으려던 그는 방문 오른쪽 벽에 조그만 사각의 쪽문이 있는 것을 발견하고 열어보았다.

척!

시원한 바람이 쏟아져 들어왔다.

그는 쪽문 밖을 보면서 의외라는 표정을 지었다. 문밖으로는 울창한 숲의 풍경이 펼쳐졌으며, 아래쪽으로 길게 옥외계단이 뻗어 있었다.

즉, 이곳은 일층으로 향하는 계단이나 전문을 통하지 않고서도 자유로이 밖으로 출입할 수 있도록 한 편문(便門:비상구)이었다.

기개세는 고개를 갸우뚱했다. 대정숙의 규율이 지나칠 정도로 엄격하다고 하더니 직접 와서 보니까 엄격하기는커녕 무릉도원보다 더 나은 곳이었다.

하지만 그는 그런 소문이 도는 데에는 반드시 이유가 있을 것이라고 생각했다.

달리 대정숙이겠는가.

기개세가 재당에 들어간 것은 술시(戌時:밤 8시)가 약간 지난 시간이었다.

재당에는 재당주인 중년 여인과 두 명의 하녀뿐이었다. 그녀들은 주방 안쪽에 있는 방에서 기거를 하고 있었다. 그렇기 때문에 생도들이 요구를 하면 언제든지 먹을 것을 만들어줄 수 있는 것이다.

생도들이 정기적인 휴가를 나가면 그녀들도 휴가다. 그녀들의 일상은 생도들과 맞춰져 있었다.

기개세가 그녀들에게 물어보니 아직 아무도 저녁 식사를 하지 않았다고 한다.

그는 특유의 화려하고 끈적끈적한 입담과 친화력을 발휘하여 이각이 채 지나기도 전에 재당주와 두 하녀를 완전히 자신의 사람으로 만들어 버렸다.

재당주가 아니라 대정숙 내의 재당을 총괄하는 재당총주(齋堂總主)라고 해도 일개 숙수일 뿐이다.

대정숙에는 세 종류의 사람이 존재한다.

첫째가 대정생도다.

두 번째가 대정숙을 관리, 경호, 감독, 가르치는 정경고수, 정시고수, 정법고수, 정교반사(正教班師) 등의 통칭인 정도고수.

세 번째는 대정숙의 생활 전반을 책임지는 대정직인(大正職人)이다.

대정숙에서는 대정생도들이 최우선시되며, 대정숙의 모든 사람들과 기능은 대정생도들을 위해서 존재한다.

네 등급의 사람들 중에서 대정직인이 최하위에 속하며 정도고수, 특히 대정생도를 하늘처럼 떠받들어야 한다는 규율이 있었다.

그런 상황에서 기개세가 재당주와 하녀들에게 먼저 자신을 소개하면서 마치 이웃집 아주머니와 누나들을 대하듯 친근하게 굴자 세 여자는 황송하면서도 펄썩 엎어지듯이 기개세에게 매료되고 말았다.

"헛헛헛! 전(田) 이모, 이 사랑스러운 조카에게 술하고 근사한 안주 한 접시 후딱 내와 봐."

한참 수다를 떨던 기개세는 재당주 전봉여(田鳳女)의 솥뚜껑만 한 궁둥짝을 두드리며 마치 다 늙은 영감처럼 웃었다.

"아이구! 유 생도님도 참……."

전봉여는 기개세가 '이모'라 불러주고 또 궁둥이까지 두드리자 화들짝 놀라면서도 기쁜 마음으로 퉁퉁한 몸을 이끌고 주방으로 달려갔다.

이어서 그녀는 꽁꽁 감춰두었던 최고로 좋은 요리 재료들을 꺼낸다, 최고급의 미주를 꺼낸다, 하며 커다란 궁둥이에서 비파 소리가 나도록 바삐 움직였다.

두 하녀는 이십일 세 동갑내기로 강화(姜花)와 종화(鐘花)라는 이름을 갖고 있었다.

둘 다 이름이 꽃 '화' 인 것은 순전히 우연일 뿐 그녀들은 자매가 아니었다. 생김새는 물론이고 성격조차도 닮은 구석이라곤 없다.

강화는 키가 약간 크고 마른 체구에 눈이 작으면서도 눈웃음을 잘 치고, 종화는 중간 키에 조금 통통하며 젖가슴이든 엉덩이든 살집이 좋은 체구였다.

특히 종화는 기개세가 처음에 '종화 누나' 라고 부르는 소리를 듣고는 혼절을 할 정도로 놀라면서 눈물까지 글썽일 정도로 심성이 고왔다.

그렇다고 강화의 성격이 모났다는 것이 아니다. 겉으로는 쌀쌀맞은 체해도 속으로는 기개세의 '강화 누나' 라는 호칭에 몸서리를 칠 정도로 좋아한다는 사실을 산전수전 두루 겪은 기개세가 못 알아차릴 리가 없었다.

"강화야."

새로 생긴 지체 높은 '생도 조카' 에게 최고로 맛있는 요리를 대접하겠다는 일념으로 불타고 있는 전봉여의 부름에 강화는 입술을 삐죽거렸다.

기개세 곁에 더 있고 싶기 때문이지만, 그녀에게는 재당주인 전봉여가 또 하늘 같은 존재라서 마뜩찮은 얼굴로 주방으로 들어갔다.

"종화 누나, 여기 앉아봐."

서 있는 종화에게 기개세가 자신의 옆자리를 가리키자 그녀는 펄쩍 놀랐다.

"어떻게 감히……."

"안 된다고 하면 찌찌 만질 거야."

기개세가 그녀의 젖가슴을 빤히 주시하자 종화는 움찔 몸을 떨더니 바짝 언 몸짓으로 조심스럽게 기개세 옆 의자에 궁둥이를 붙였다.

"내 심부름 좀 해줘. 가서 내 오른쪽 옆방, 그러니까 왼쪽에서 일곱 번째 방에 있는 내 마누라 좀 오라고 해."

"마누라……."

종화는 눈을 동그랗게 뜨며 놀랐다.

그녀가 놀라거나 말거나 기개세는 태연하게 말을 이었다.

"그리고 내 왼쪽 옆방에 가서 막내 여동생에게 생도들을 모두 이리 불러오라고 전해줘."

툭툭.

"부탁해."

쭈뼛거리면서 일어나는 종화의 엉덩이에도 잊지 않고 친

절을 베푸는 기개세다.

잠시 후에 재당으로 돌아온 종화의 얼굴은 무슨 귀신이라도 본 듯한 표정이다.

"왜 그래?"

기다리다가 의자를 일렬로 붙여서 그 위에 길게 누워 팔베개를 하고 있던 기개세가 반쯤 감은 눈으로 물었다.

"그분… 사람 맞아요?"

소옥군을 보고 놀란 모양이다.

"무지하게 예쁘지?"

"네…….""

무지하게 예쁜 정도보다 백 배 더 아름답다는 표현을 하고 싶은데 종화는 학문이 짧아서 설명을 하지 못했다.

기개세가 누운 채 머리맡을 가볍게 두드리자 그곳에 앉으면서 종화는 여전히 귀신 본 듯한 표정을 지우지 못했다.

"아아… 아마도 그분은 천하에서 제일 아름다울 거예요."

"그렇지? 그녀가 바로 내 마누라야."

기개세는 종화의 남달리 퉁퉁한 허벅지 위에 냉큼 뒷머리를 올리면서 흡족한 미소를 지었다.

그렇지만 종화는 믿어지지 않는다는 표정을 지었다. 기개세가 잘생기고 입담이 좋으며 매력적인 것은 알겠지만, 천하제일미녀를 거침없이 마누라라고 부를 정도의 사이는 아닌 것 같았다.

그런데 잠시 후에 재당의 문이 살며시 열리더니 화사한 광휘가 안으로 쏟아져 들어왔다.

소옥군의 출현이다.

"아……."

처음에 십칠 명의 대정생도들이 재당에 들어왔을 때 처음 보았고, 조금 전에 전갈을 전하러 갔을 때 봤으며, 지금 세 번째로 소옥군을 보면서도 종화는 만면에 감탄지색을 떠올리며 벌린 입을 다물지 못했다.

소옥군은 긴 치마를 끌면서 사붓사붓 다가왔다. 이제 기개세에게 어느 정도 이력이 났는지 그가 종화의 허벅지를 베고 누워 있어도 뭐라고 하지 않았다.

그저 종화를 편하게 대하는 것뿐이라는 사실을 느낌으로 알 수 있었기 때문이다.

"이리 와."

기개세는 종화가 일어나려고 하는 것을 뒷머리로 지그시 눌러서 꼼짝 못하게 하면서 한쪽 발로 자신의 발치를 가볍게 두드렸다.

그러자 소옥군은 말없이 기개세의 발치로 다가왔다.

종화는 그녀가 기개세의 말에 군말없이 따르는 것을 보면서 속으로 '어머? 어머? 어쩌면 좋아…'를 연발했다.

"바투 다가와."

기개세는 두 다리를 구부렸다가 소옥군이 멀찍이 앉자 다시 이르고는 그녀가 조금 안쪽으로 들여 앉자 그녀의 허벅지 위에 두 다리를 가지런히 펴서 편안하게 올려놓았다.

소옥군은 자신의 허벅지 위에 올려진 기개세의 발 위에 두 손을 살포시 올려놓고는 그를 곱게 흘겼다. 그녀가 가만히 있는 것은 입교하기까지 몹시 분발한 기개세에 대한 상 같은 것이다.

"으그그……."

그녀의 그런 모습이 미칠 듯이 예쁘기만 한 기개세는 온몸을 바들바들 떨면서 좋아했다.

"군아, 방금 그런 거……."

"네?"

"흘기는 거 말이야."

"네, 조심할게요."

"아냐. 자주 해줘."

"순 엉터리."

"아갸갸갸……."

어이없다는 듯 소옥군이 다시 방금 전보다 더 곱게 흘기자 기개세는 아예 숨넘어가는 소리를 내며 바둥바둥 진저리를 쳤다.

소옥군은 기개세의 그런 모습을 보면서 섬섬옥수로 입을 가리며 풋! 하고 작게 웃었다.

그녀는 이제 기개세에 대해서 전부는 아니지만 어느 정도는 알 수 있을 것 같았다.

그러나 분명한 것은 아니다. 단지 느낌일 뿐이다.

그와 자신이 어떤 질긴 운명의 끈으로 이어져 있다는 것. 그리고 그가 장차 무림을 위진시킬 대단한 인물이 될 것이라는 사실을 막연히 느끼고 있었다.

그녀가 기개세와 운명적으로 묶여져 있다는 사실을 입증할 만한 전조(前兆)는 많았다.

우선 기개세와의 첫 만남 자체가 예사롭지 않았다. 따지자면 기개세를 막무가내로 공격하던 괴한들이 그와 소옥군을 연결해 준 셈이었다.

이후 광화현에서 이관교로 가는 선상에서 그녀는 그가 주는 비취쌍조잠을 받았다.

아니, 그가 머리에 직접 꽂아주었다. 그녀는 그가 하는 대로 내버려 두었으며 오히려 자세를 낮추어 그가 머리에 잘 꽂도록 협조하기까지 했었다.

평상시 그녀의 성격이라면 그런 일은 도저히 있을 수도 없는 일이었다.

보통 남녀 사이에 그런 물건을 주고받는 일은 정표(情表)라고 생각한다.

그렇지만 기개세와 소옥군은 그날 처음 만나 아무런 일도 없는 사이로서 정표를 주고받는다는 것은 어불성설이다.

그런데도 기개세는 뜬금없이 비취쌍조잠을 머리에 꽂아주었고, 소옥군은 스스럼없이 그것을 받았던 것이다.

나중에 그 일에 대해서 곰곰이 생각해 봤으나 그때 왜 그랬었는지 그녀는 끝내 답을 얻지 못했다.

그러나 이해할 수 없는 일은 그뿐만이 아니다.

기개세가 갈병에 걸려서 죽어가고 있을 때 그녀는 자신의 침을 먹이기 위해서 그와 오랜 시간 동안 길고도 깊은 입맞춤을 했었다.

비록 너무도 절박한 상황이었다고는 하지만, 설혹 상대가 기개세가 아닌 다른 남자였더라도 그렇게 선뜻 행할 수 있었을까 하고 나중에 곰곰이 생각해 보았다.

도저히, 절대 그럴 수 없는 일이라는 결론을 내렸다. 그 말은 상대가 기개세였기에 가능했다는 뜻이다.

그 또한 이해하기 어려운 일이다. 도대체 기개세가 그녀에게 어떤 존재이기에 그래도 괜찮다는 말인가.

그리고 그녀는 기개세에게 물을 마시게 해주었다. 그가 '천상의 꿀물'이라고 생각하는 그 물을.

그것은 입맞춤을 한 것에 비해서 천 배나 더 하기 어려운 일이었다.

그 모든 이해할 수 없는 일들을 이해할 수 있는 하나의 단서는, 두 사람이 '운명적으로 묶여진' 사이라는 것뿐이다.

그때 문이 열리고 우연의 조그맣고 귀여운 모습이 재당 안으로 쏙 모습을 나타냈다.

"모두 모이라고 전했어요."

그녀는 유리구슬 몇 개가 부딪칠 때 나는 듯한 짤랑짤랑한 목소리로 말하고 나서 기개세가 소옥군의 허벅지에 다리를 얹은 채 누워 있는 모습을 발견하곤 화들짝 놀랐다.

그녀는 눈도 깜빡이지 않고 놀란 얼굴로 말끄러미 바라보다가 두 눈에 이채를 띠었다.

기개세가 강남천궁의 허벅지에 다리를 얹고 있는 모습마저도 대단해 보였다.

그래서 그것 역시 자신이 기개세를 존경하는 이유 중에 하나로 첨가시켰다.

그녀 뒤로 손진과 유석, 유정, 진운상 등 대정생도들이 줄지어서 안으로 들어왔다.

맨 마지막으로 선우현이 들어섰다. 그는 들어서다가 기개세와 소옥군을 발견하고는 가볍게 눈살을 찌푸렸으나 단지 그것뿐 즉시 원래의 표정으로 돌아갔다.

기개세와 소옥군을 보고 미미하게 표정의 변화를 보인 사람은 손진과 진운상이었다.

진운상은 부러움의 눈빛을, 손진은 질투의 눈빛을 잠깐 보였다가 이내 남몰래 한숨을 토해냈다.

그 외의 사람들은 특히 남자들은 기개세를 부러움의 표정으로, 소옥군을 아쉬운 표정으로 바라보았다.

"자, 다 모였으니까 앉읍시다. 누가 탁자 좀 붙이지."

기개세가 벌떡 일어나 똑바로 앉으면서 말하자 진운상과

유석, 한 명의 청년이 기개세가 앉아 있는 탁자의 양쪽에 여러 개의 탁자를 가져와서 가로로 길게 늘여 붙였고, 다른 사람들은 각자 의자를 가지고 와 둘러앉았다.

진운상과 유석이 기개세를 중심으로 탁자를 양쪽으로 붙였기 때문에 그가 한가운데 앉게 되었다.

기개세의 오른쪽에는 소옥군이, 왼쪽에는 어느새 우연이 앉아 있었다.

그 좌우에 소위 기개세 무리라고 할 수 있는 유석과 유정, 손진, 진운상이 앉았으며, 기개세 맞은편에는 선우현과 두 명의 청년이 앉았다.

한 방을 사용하고 있는 열 명이지만 기개세 쪽 일곱 명과 선우현 쪽 세 명으로 확연하게 갈라졌다.

하지만 두 편이라고 할 수도 없다. 선우현과 두 청년은 서로 모르는 사이기 때문이다.

기개세는 두 손을 각지 껴서 탁자에 올려놓고 사람들을 둘러보며 담담한 목소리로 입을 열었다.

"이제 한 식구가 됐으니까 통성명이나 하자고 불렀소."

모두들 그러자면서 긍정적인 표정으로 고개를 끄덕였다.

기개세가 조용히 자신부터 소개를 했다.

"나는 낙성검가의 차남 유영이오."

그에 대해서 모르고 있던 선우현과 우연, 두 명의 청년은 크게 놀라는 표정을 지었다.

그들의 표정에는 만점자인 기개세가 낙성검가보다는 더 쟁쟁한 명문가 출신인 줄 알았다는 기색이 역력히 떠올랐다.

손진은 첫 관문 이전에 기개세를 만나서 묵은 증오를 털어버리고 그를 또 다른 애정의 대상으로 맞이하게 된 이후 그의 신분을 알게 되었었다.

그리고 크게 안도했다. 구화산에서 그녀는 기개세가 건달이나 하오문도인 줄만 알았었다.

그 당시에 그가 한 짓을 생각하면 그렇게 짐작하는 것도 무리가 아니었다.

증오할 때는 그가 정파든 사파든 하오문이든 상관이 없었는데, 좋아하게 되니까 출신이 중요하게 된 것이다.

기개세에 이어서 유석과 유정이 어깨를 펴고 가슴을 내밀며 의기양양하게 자신들을 소개했다.

기개세가 만점자이기 때문에 가능한 뻐김이다. 그가 없었더라면 지금쯤 다른 대정생도들에게 이리 채이고 저리 채이면서 눈물을 삼키고 있을 것이다.

아니, 기개세가 없었으면 낙성검가가 낙양성으로 이사를 올 일도 없었을뿐더러, 유석과 유정이 대정숙에 시험을 치는 것은 상상조차 할 수 없는 일이었다.

기개세 삼 남매의 소개가 끝났을 때 선우현의 입가에 아주 흐릿하게 조소하는 듯한 미소가 떠올랐다가 사라지는 것을 소옥군과 진운상만이 발견했다.

"유씨 삼 남매는 낙성삼검으로도 유명하오."

진운상은 기개세 삼 남매를 띄워주려고 거들었는데 선우현은 조금 전 같은 조소를 보이지는 않았으나 반응은 냉담했다. 낙성삼검 따위가 무에 대단하냐는 뜻이었다.

선우현 양옆에 앉은 두 명의 청년도 기개세의 신분을 알고는 적잖이 실망한 듯한 표정을 짓고 있었다.

하지만 그래도 노골적으로 자리를 박차고 일어나거나 싫은 내색을 하지 않는 이유는 기개세가 대정숙 사상 이십팔 번째 만점자라는 사실 때문이었다.

"저는 절강성 항주 운예문의 소옥군이에요."

첫 관문 이전에 기개세와의 한바탕 소동 때문에 그녀에 대해서는 다 알려져 있어서 사람들은 그다지 놀라지 않았다.

진운상과 손진 역시 소옥군의 신분이 밝혀졌던 자리에서 알려졌던 터라 모두들 잘 알고 있었다.

"소… 녀는 아미파 속가제자이며 감숙성(甘肅省) 취봉문(翠鳳門)의 우연이에요."

아홉 사람의 시선을 한 몸에 받고 있는 우연이 정도 이상으로 얼굴이 새빨개져서 기어드는 목소리로 간신히 자신의 소개를 하자 기개세를 제외한 모두의 얼굴에 커다란 놀라움이 떠올랐다.

우연이 아미파 속가제자라고만 알고 있었지 설마 무림팔대세가 중 하나인 취봉문 출신일 줄은 몰랐기 때문이다.

"그렇다면 설매궁의 궁주이신 취봉선자(翠鳳仙子) 우지화(禹芝花) 선배님과 우 소저는 어떤 관계인가요?"

소옥군이 눈을 반짝이며 물었다.

우연이 더욱 수줍어하면서 대답했다.

"소녀의 큰언니예요."

"아……! 그렇다면 우 소저는 취봉문의 소문주로군요?"

"네……."

우연은 팔대세가 중에 취봉문 출신일 뿐만 아니라 소문주라는 지엄한 신분이었다.

유석과 유정은 감탄하듯, 그리고 조금쯤은 부러운 시선으로 우연을 바라보았다.

그리고 다른 사람들이 적잖이 놀라는 표정으로 주시하자 우연은 부끄러워서 어쩔 줄을 모르다가 옆에 앉은 기개세의 등 뒤로 얼굴을 감추고 뺨을 그의 등에 댔다.

기개세는 우연의 심장 뛰는 소리가 말발굽 소리처럼 크게 들리자 어이가 없었다.

'부끄러움이 이렇게 많다니, 병이로군. 병이야.'

이어서 선우현 양옆에 앉은 두 청년이 소개를 했다.

그들은 각자 차곤집(車坤集)과 서주동(徐周東)이라고 하는데, 차곤집은 이십일 세로 섬서성(陝西省) 진일문(辰日門)의 소문주이고, 서주동은 이십 세이며 안휘성 남천문(南天門)의 소문주였다.

차곤집은 평범한 체구와 외모에 눈이 작고 쭉 찢어져서 날카로운 인상이고, 서주동은 훤칠한 키와 체구에 호남형으로 서글서글한 외모다.

서주동이 자신의 신분을 밝혔을 때 한 사람만이 약간의 반응을 보였다.

바로 손진이다. 그녀의 벽검문은 무림팔대세가 중 하나로서 안휘성의 패자로 군림하고 있었다.

벽검문이 위치해 있는 안휘성의 성도(省都) 합비성(合肥城)에서 멀리 떨어진 곳의 방, 문파라고 해도 안휘성 경내에만 있으면 벽검문을 하늘처럼 떠받들고 있다.

그런데 서주동의 남천문은 합비성에서 동쪽으로 불과 백여 리 정도 떨어진 육안현(六安縣)에 있다.

평소 벽검문의 대소사가 있는 날이면 합비성 인근의 방, 문파에서 꼬박꼬박 제자나 수하들을 보내 온갖 일들을 거들게 한다. 그것은 마치 왕이나 제후에게 신하들이 충성을 다하는 것과 비슷하다.

말하자면 손진은 왕녀이고 서주동은 신하인 셈이었다.

그런 이유로 손진은 서주동을 모르고 본 적도 없으나, 서주동은 그녀를 여러 번 봤고 또 잘 알고 있었다.

서주동은 대정숙에 들어와 대기하고 있던 방에서 처음에 손진이 기개세를 죽이려고 할 때부터 그녀를 알아봤으나 일부러 나서서 아는 체를 하지는 않았다.

그런 주종 비슷한 관계의 두 사람이 묘하게도 이런 곳에서
만나 정식으로 자신의 신분을 밝혔으니 감회가 남다를 수밖
에 없었다. 물론 두 사람의 감회는 서로 다를 테지만.

마지막으로 선우현만 남았다. 그는 모든 사람들의 소개가
끝나고서도 잠시 더 뜸을 들인 후에야 입을 열었다.

"불초는 산동성(山東省) 제남성(濟南城) 무영문(無影門)의
선우현이오."

나직하고 조용하지만 자부심이 깃들어 있는 목소리다.

그의 말이 끝나자마자 여기저기에서 나직한 탄성이 한숨
처럼 새어 나왔다.

공평무사한 성품의 진운상마저도 적잖이 놀라는 표정으로
선우현에게 물었다.

"그렇다면 선우 형이 저 유명한 무영신룡(無影神龍)이오?"

선우현은 원래 거만한 사람이 아니었지만 지금은 상황이
상황이다 보니까 자신도 모르게 어깨에 조금 힘이 들어가서
뻣뻣하게 고개를 끄덕였다.

"유명하지는 않지만 불초가 무영신룡인 것은 맞소."

무영신룡이라는 별호를 들어본 적이 없는 기개세를 제외
한 모든 사람이 적잖이 놀라는 얼굴로 선우현을 주시했다.

무영신룡 선우현은 무림팔대세가 중에 하나인 무영문의
소문주라는 신분이다.

하지만 그보다는 무영신룡이라는 별호로 더 유명하다.

예전에 무영신룡은 산동성 일대에만 알려져 있었으나, 올 봄에 산동성 남쪽 몽산(蒙山) 근처에서 표물(驃物)을 약탈하던 녹림 무리 열다섯 명을 혼자서 모두 죽이고 표사와 쟁자수 다섯 명을 구한 이후에는 무영신룡이라는 별호가 무림에 널리 알려졌다.

선우현은 불과 십팔 세의 어린 나이에 무영문의 진전을 고스란히 물려받아 무림의 쟁쟁한 고수들과 어깨를 나란히 하고 있었다.

그런데도 불구하고 대정숙에 입교했다.

정파인이라면 대정숙을 수료해야지만 비로소 실력과 명성을 겸비한 진정한 고수로 인정받을 수 있기 때문이다.

대정숙을 수료한 고수를 무림에서는 '대정고수(大正高手)'라고 부른다.

대정숙은 입교하기보다 수료하기가 훨씬 더 어렵다. 단적인 예로, 대정숙에 입교하는 생도는 매월 평균 십오 명인데, 수료자는 평균 두 명이다. 그것은 입교에 비해서 수료가 일곱 배 이상 어렵다는 뜻이다.

그런 대정숙을 수료해서 대정고수가 되어야지만 무림 어디를 가나 진정한 영웅, 협객으로 인정과 존경을 받을 수 있는 것이다.

현재 대정숙 내에는 선우현보다 더 이름을 날린 인물들이 꽤 많이 있었다.

그런데도 그들은 모두 진정한 대정고수가 되기 위해서 대정숙에 입교한 것이다.

여하튼 통성명이 끝났다. 단지 서로 이름과 신분을 알게 된 것뿐인데 열 명의 대정생도는 그것만으로 꽤 가까워진 것 같은 기분이 들었다.

그때 강화와 종화가 요리와 술을 가져와 조심스럽게 기개세의 앞 탁자에 차렸다.

사람들은 술을 보고 가볍게 놀라는 표정을 지었다. 대정숙에 입교한 첫날부터 술을 마신다는 사실 때문이다.

대정숙에서는 금주법(禁酒法)이 없다. 술을 마시고 싶은 사람은 아무 때나 자유롭게 마실 수 있다. 술을 마시든 마시지 않든 대정생도의 자율에 맡기고 있는 것이다.

그때 선우현이 막 돌아서려는 종화에게 주문했다.

"나는 면장탕반(麵醬湯飯)을 주시오."

"나도 같은 것을 주시오."

그러자 차곤집과 서주동이 기다렸다는 듯이 동시에 같은 요리를 주문했다.

기개세는 개의치 않고 자신의 잔에 술을 따르면서 말했다.

"오늘은 대정숙에 입교한 뜻깊은 날이고, 우리 열 명의 동기생이 한 방을 쓰게 된 기념할 만한 날이라서 술로써 축하를 하자는 것이오."

　낙성검가에서 한 달여 동안 하여상에게 기초적인 학문을 배운 그는 예전에 비해서 몰라볼 정도로 말주변이 좋아졌다.

　"저도 한 잔 주세요."

　소옥군이 제일 먼저 기개세 앞으로 빈 잔을 내밀었다. 무조건 기개세에게 동조하는 것이 아니라 그의 말이 충분히 일리가 있기 때문이었다.

　그러자 그다음에는 진운상과 유석, 유정이 빈 잔을 내밀었고, 잠시 후에 손진과 우연이 망설이는 듯하면서 잔을 내밀었다.

　"각자 알아서 따라 마셔."

　기개세는 소옥군에게만 술을 따라주고는 술병을 진운상에게 밀어주었다.

　선우현과 차곤집, 서주동은 묵묵히 앉아서 술은 물론 요리에도 손을 대지 않았다.

　그러나 기개세는 선우현과 차곤집, 서주동이 술을 따르지 않는 것에 대해서 별말을 하지 않았다.

　이윽고 그를 비롯한 일곱 명이 술을 다 따르고 술잔을 들어 올렸다.

　"앞으로 잘해보자!"

　기개세가 유쾌하게 한마디 하자 여섯 명은 너도나도 한마디씩 덕담을 했다.

이어서 다섯 명은 일제히 술을 비우는데 손진과 우연은 머뭇거리다가 다른 사람들이 빈 잔을 내려놓을 때에야 조심스럽게 홀짝 한 모금을 마셨다.

"크아… 무지하게 써요!"

우연은 얼굴을 잔뜩 찌푸리며 비명을 질렀고, 손진은 인상을 썼으나 아무 소리도 하지 않고 남은 술을 마저 마셨다.

사실 손진과 우연은 태어나서 처음 술을 마셔보는 거라서 주저했던 것이다.

그녀들은 술을 마시자고 한 사람이 기개세가 아니라면 절대 마시지 않았을 것이다.

손진과 우연은 기개세에게 잘 보이기 위해서 무엇이라도 할 각오가 되어 있으니 술 정도야 못 마시겠는가.

"술을 처음 마시는 것인가요?"

우연과 동갑내기인 유정이 약간 빼기는 듯한 어조로 그녀에게 물었다.

"네."

우연은 떡잎처럼 조그맣고 흰 두 손으로 술잔을 감싸듯 잡은 채 작은 목소리로 대답했다.

유정은 광화현 낙성검가에서 기개세의 격장지계에 걸려들어서 난생처음 술을 마셨었다.

그 이후 기개세와 몇 번인가 더 술을 마셔본 적이 있는 유정은 지금은 술이 얼마나 좋은 것인지 잘 알게 되었다.

"아직 어려서 술을 못 마시는 거예요. 억지로 마시려고 하지 말고 그만 내려놓아요."

유정은 기개세가 자신에게 사용했던 격장지계를 그대로 우연에게 쓰고 있었다.

그리고 우연은 예전에 유정이 그랬던 것처럼 똑같은 반응을 보였다.

"나는 어리지 않아요. 마실 수 있어요."

그리고는 눈을 질끈 감고 단번에 술잔을 비웠다.

"후아아… 목에서 불기둥이 솟구치는 것 같아요……."

그녀는 입을 크게 벌리고 할딱거리면서 손을 펴서 부채처럼 부쳤다. 그 모습이 너무도 귀여웠고 앙증맞았다.

자신의 술수가 먹혀들었다는 사실에 유정이 미소를 지었다.

"잘했어요."

그때 선우현과 차곤집, 서주동이 주문한 면장탕반을 종화가 가지고 와서 그들 앞에 내려놓았다.

세 사람은 묵묵히 먹기 시작했다. 기개세와 여섯 명이 술을 마시면서 웃고 떠들어도 세 사람은 마치 수양을 하고 있는 도인처럼 끄떡도 하지 않고 그릇을 비우더니 미련없이 자리에서 일어섰다.

"서 소협, 우리와 함께 어울리는 것이 어떻겠어요?"

　세 사람이 몸을 돌려 나가려고 할 때 손진이 술잔을 만지작 거리며 조용한 어조로 말했다.

　서주동은 뚝 걸음을 멈추고는 복잡한 표정을 짓더니 몸을 돌려 방금 자신이 일어났던 자리에 다시 앉았다.

　왕녀의 명령을 신하로서 거절하지 못한 것이다.

第三十章

낙성북두검보(落星北斗劍譜)

그날 밤에 기개세를 비롯한 여덟 명은 곤죽이 되도록 술을 마셨다.

그 자리에서 몇 가지 상황이 정리되었다.

기개세는 일곱 명 모두에게 반말을 하게 되었다.

십팔 세인 진운상과 이십 세인 서주동, 그리고 기개세와 동갑내기인 소옥군, 손진이 그에게 말을 놓게 되었다는 것.

또한 동갑내기인 기개세와 소옥군과 손진, 그리고 유정과 우연이 친구가 되었다.

그리고 나이 어린 소녀들이 기개세와 진운상, 유석, 서주동을 오라버니라고 부르게 된 것.

하지만 남자들의 관계는 정리되지 않았다. 진운상과 서주
동은 기개세를 동생으로 맞이할 엄두를 내지 못했고, 기개세
는 그들을 형으로 모실 생각이 추호도 없었다.

*　　　*　　　*

하여상은 동이 트기도 전인 갑시(甲時:오전 5시)에 대정숙
전문에 도착했다.

대정숙 입교시험의 최종 결과를 적은 금방(金榜)을 다음날
아침 진시(辰時:오전 8시)에 전문 옆 벽에 붙이는데 그것을 보
러 온 것이다.

한 시진 반이나 기다린 끝에 전문이 열리고 두 명의 정시고
수가 나와 벽에 금방을 붙였다.

하여상은 정시고수들이 물러나기도 전에 급히 금방 앞으
로 달려가 두 손을 가슴에 모은 채 잔뜩 긴장된 표정으로 쳐
다보았다.

어제 시험에서 탈락한 사람들 중에 기개세 삼 남매가 없었
다는 것을 알지만, 그래도 그들이 정식으로 입교했다는 사실
을 자신의 두 눈으로 확인하고 싶었다.

"오오… 맙소사!"

그런데 금방을 보던 하여상의 입에서 탄성이 터져 나왔다.

그러자 전문으로 향하던 두 명의 정시고수가 걸음을 멈추

고 돌아보았다.

하여상의 시선은 금방의 맨 윗줄에 고정된 채 움직일 줄을 몰랐다.

거기에는 '낙성검가 차남 유영 만점'이라는 글이 먹물이 마르지도 않은 채 적혀 있었다.

"왜 그러시오?"

어느새 눈물을 펑펑 쏟아내고 있는 하여상에게 정시고수 한 명이 의아한 듯 물었다.

"아아……."

하여상은 유영이라는 이름을 가리키면서 말을 하려는데 목이 메어 말이 나오지 않았다.

그때 금방을 보러 온 사람들이 하여상의 뒤쪽으로 우르르 모여들었다.

"괜찮으시오?"

영문을 모르는 정시고수가 염려스러운 얼굴로 하여상에게 물었다.

하여상은 눈물을 닦을 생각도 하지 못하고, 유영이라는 이름에서 시선을 떼지 않은 채 흐느끼듯 외쳤다.

"저 아이가 내 아들이라오……!"

정시고수와 사람들이 그녀가 가리키고 있는 '유영'이라는 이름을 쳐다보았다.

"저 아이가 내 둘째 아들이에요!"

　정시고수와 사람들이 금방의 이름과 하여상을 번갈아 쳐
다보더니 앞 다투어 축하해 주었다.

　"축하합니다!"

　"만점자라니……. 대단한 아드님을 두셨소!"

　하여상은 눈물 너머로 유석과 유정의 이름을 십칠 명 중에
중간쯤에서 찾아냈다.

　"이 아이들은 큰아들과 막내딸이라오."

　"저런 세상에……. 대정숙 입교는 한 명도 어려운데 삼 남
매를 입교시키다니, 더구나 차남은 만점자가 아니오?"

　"낙성검가라……. 정말 훌륭한 가문이군요."

　하여상은 십구 세에 낙성검가에 시집을 온 이후 훌륭한 가
문이라는 말을 지금 처음 들어보았다.

＊　　　＊　　　＊

　기개세는 해가 중천에 뜰 때까지 일어나지 못했다.

　아니, 기개세뿐만 아니라 어젯밤에 함께 술을 마신 여덟 명
모두 침상에 뻗은 채 꿈속을 헤매고 있는 중이었다.

　이들은 아직 어리고 경험이 없어서 술을 마시는 중간에 공
력으로 취기를 배출한다는 사실을 모르고 있었다.

　"모두 사시(巳時:오전 10시)까지 학습계관(學習癸館)으로 집
합하십시오!"

그래서 계생전 이층을 담당하는 두 명의 정법고수 중에 계정오가 방문을 열고 그렇게 외치는 소리를 듣지 못했다.

결과적으로 이 방의 열 명 중에서 선우현과 차곤집만 제시간에 학습관으로 갔다.

그들 두 사람은 기개세 등을 깨우는 동료애 같은 것을 전혀 발휘하지 않았다.

아니, 그들은 동료애 따윈 갖고 있지 않았다. 그 대신 경쟁심을 뼛속 깊은 곳까지 새겨두고 있었다.

또한 계생전을 담당하는 정법고수들도 공지사항을 두 번씩 알려주는 친절함을 베풀지 않았다.

한 번만 알려준다는 것이 대정숙의 규칙이기 때문이다.

한 시진이 지난 후 이번에는 계정사가 방문을 열고 외쳤다.

"모두 정오까지 무도계관(武道癸館)으로 집합하십시오!"

그리고 다행스럽게도 소옥군이 그 말을 들었다.

여덟 명 중에서 기개세만 팔팔했다. 다른 사람들은 입만 열면 아직도 술 냄새가 풍기고 얼굴이 누렇게 떴는데, 기개세만은 말짱했다.

예전에는 기개세도 술에 만취한 다음날에는 머리가 깨질 듯이 아프고 속이 더부룩했었다.

그런데 구화산 천신동에서 만년혈천수와 만년옥정유를 마신 이후부터는 아무리 술을 많이 마셔도 그다음 날에는 아무렇지도 않게 되었다.

그리고 그는 그런 일이 몇 차례 반복되자 곰곰이 생각한 끝에 그 이유가 만년혈천수와 만년옥정유 때문일 것이라는 결론을 내렸다.

숙취 때문에 고생하지 않는다는 것은 만년혈천수와 만년옥정유가 지니고 있는 수많은 효능 중에서 극히 미미한 것에 불과하다.

소옥군이 모두에게 알렸고 그래서 다들 방에서 나왔으나 우연이 나오지 않아서 소옥군이 그녀의 방에 들어갔다가 곧 기개세를 불렀다.

"유 소협, 잠깐 들어와 보세요."

그녀는 어젯밤에 기개세와 친구처럼 지내기로 했었고 실제로 말을 놓았었다는 사실을 기억하지 못하는 듯했다.

기개세가 우연의 방으로 들어가 보니까 침상과 바닥에 온통 구토물이고 그녀는 얼굴과 머리카락 온몸에 구토물 범벅이 된 모습으로 끙끙 앓는 소리를 내고 있었다. 또한 온 방 안에 퀴퀴한 냄새가 진동을 했다.

"연아."

기개세가 우연의 어깨를 흔들었으나 신음 소리만 낼 뿐 눈을 뜨지 못했다.

"어떻게 하죠?"

소옥군은 더럽지도 않은지 우연의 얼굴에 말라붙은 채 달라붙어 있는 구토물과 머리카락을 떼어주며 염려스러운 얼굴로 물었다.

"공력으로 취기를 배출시키면 나아질 거야."

그 말에 소옥군은 선뜻 우연의 손목을 잡더니 진기를 일으켜서 주입시키기 시작했다.

"취기를 몰아서 호흡으로 배출시켜 봐."

열 호흡쯤 지나서 소옥군의 이마에 땀이 송알송알 맺히기 시작할 때 우연이 길게 숨을 토해냈는데 지독한 술 냄새가 풍겼다.

"아… 영 오라버니, 옥군 언니……."

그녀는 눈을 뜨더니 두 사람을 알아보고는 희미하게 미소 지으면서 중얼거렸다.

소옥군은 어젯밤의 일을 기억하지 못하는 데 반해서 우연은 기개세를 오라버니로, 소옥군을 언니로 삼았던 일을 기억하고 있었다.

"좀 씻어야겠어요."

소옥군이 부축해서 상체를 일으키자 그제야 우연은 구토물로 엉망이 된 침상과 자신의 몰골을 발견하고는 혼비백산해서 비명을 질렀다.

"아앗!"

그녀는 떨리는 손으로 자신의 얼굴을 만져 보더니 갑자기 흐느껴 울면서 두 손으로 얼굴을 가리며 외쳤다.

“으흑흑! 영 오라버니……! 제발 나가주세요……!”

자신의 추한 모습을 기개세에게 보이고 싶지 않은 것이다.

소옥군이 한 팔로 우연을 안고 다른 손으로 기개세에게 나가라는 손짓을 해 보였다.

하지만 결국 우연은 기개세에게 업혀서 무도계관까지 가야만 하는 신세가 됐다.

정신을 차리고 소옥군의 도움을 받아서 목욕을 했지만 두 다리로 바닥을 딛고 서지도 못했다.

그래서 누군가 우연을 업던가 안아서 무도계관까지 데려가야 했는데 그녀가 업히기를 원하는 사람이 기개세였다.

그녀는 자신의 추한 모습을 기개세가 봤다는 사실 때문에 속상하면서도 일곱 명 중에서 자신과 가장 친한 사람, 아니, 친해지고 싶은 사람으로 기개세를 선택한 것이다.

우연을 업은 기개세는 무도계관으로 향하는 대열의 맨 뒤에서 걸어가고 있었다.

처음에 우연은 자신의 봉긋한 가슴이 기개세의 등에 닿을까 봐 양손으로 그의 어깨를 밀어 상체를 그의 등에서 떨어지게 하려고 애썼으나 얼마 지나지 않아 힘에 부쳐서 포기하고 말았다.

그리고 그제야 자신의 하체의 은밀한 부위가 기개세의 등허리에 밀착되었고, 그의 두 손이 조그맣고 통통한 궁둥이를 받치고 있다는 사실을 깨달았다.

그래서 자신의 젖가슴을 그의 등에서 떨어지게 하려고 애쓰는 것이 얼마나 부질없는 짓인지를 더불어서 깨달았다.

여덟 명은 계생전을 나오기 전에 계정사와 계정오에게 새로운 계생도들이 사시에 학습계관에 모여야 했었다는 말과 선우현과 차곤집 두 사람만 갔다는 말을 전해 들었다.

하지만 선우현과 차곤집이 자신들을 깨우지 않은 것에 대해서는 한마디도 입 밖에 내지 않고 원망을 속으로 삼켰다.

그리고는 모두 그 사실에 대해서 골똘히 생각에 잠겼다. 그래서 얻은 결론은 배신감이 아니었다.

마침내 피를 말리는, 그리고 소리없는 '대정숙의 승부'가 시작됐다는 사실이었다.

숲이 울창한 언덕에 긴 돌계단이 나선형으로 둥글게 원을 그리면서 언덕 전체를 감듯이 위로 뻗어 있다.

돌계단을 오르면서 첫 번째로 만나게 되는 계단 양쪽의 두 개의 전각 중에 왼쪽 것이 학습계관이고 오른쪽 것이 무도계관이다.

그곳에서 두 번째 전각은 보이지 않는다. 하지만 계단을 좀 더 올라 언덕을 돌아가면 두 번째 전각이 돌계단 좌우에 있으며 그곳은 학습임관(學習壬館)과 무도임관(武道壬館)이라고 한다.

역시 그곳에서 세 번째 전각은 보이지 않지만, 세 번째 전각은 십간의 순서에 따라서 이름이 지어졌다. 그런 식으로 맨 꼭대기에 있는 두 개의 전각은 학습갑관(學習甲館)과 무도갑관(武道甲館)이다.

대정십등 열 등급의 대정생도들은 정해진 학습관과 무도관에만 들어갈 수 있고 사용할 수 있었다.

규칙을 어기면 한 달에 한 번 치를 수 있는 승급시험의 기회가 박탈된다.

두 번 규칙을 어기면 두 달 동안, 세 번 어기면 석 달간, 어기는 횟수만큼 개월 수도 늘어난다.

대정생도에게 가장 중요한 일이 승급시험이다.

대정십등의 최하급인 계등의 생도들, 즉 계생도(癸生徒)들이 바로 위인 임생도(壬生徒)가 되는 길은 오로지 승급시험을 통해서 합격을 했을 때에만 가능하다.

승급시험에서 합격을 하지 못했을 경우에는 무슨 일이 있어도 승급을 하지 못한다.

그러므로 일 년이든 십 년이든 계생도로서 계생전에 머물러야만 하는 것이다.

대정생도가 되는 입교시험을 비롯하여 도합 열 번의 시험에서 합격을 해야지만 대정십등의 최고급인 갑생도(甲生徒)가 된다.

그리고 그제야 비로소 대정숙을 수료할 수 있는 대정총본시(大正總本試)를 치를 수 있는 자격이 주어진다.

입교부터 시작하여 매월 승급시험에서 합격하고 마지막 달에 대정총본시에 합격한다면, 도합 열 달 만에 대정숙을 수료할 수 있다.

하지만 대정숙이 생긴 지난 백오십칠 년 동안 그런 전대미문의 기적은 한 번도 일어난 적이 없었다.

그런 일은 대정숙이 존재하는 한 영원히 일어나지 않을 것이라고 사람들은 입을 모은다.

지독한 숙취 때문에 고생하고 있는 여섯 명과 우연을 업은 기개세는 정오를 조금 남겨두고 집합 장소인 무도계관에 도착했다.

무도계관 안은 넓은 대전의 정면과 좌우 양쪽에 세 개의 커다란 문이 있는데 기개세 일행은 정면의 문 앞에 모여서 대전 내부를 두리번거리면서 구경을 하고 있었다.

잠시 후에 남의단삼을 입은 세 명의 중년인이 들어섰는데, 그들은 모두 양쪽 어깨에 도와 검을 각기 한 자루씩 메고 있는 특이한 모습을 하고 있었다.

세 명의 남의단삼인의 왼쪽 가슴에는 '반사(班師)'라는 두 글자가 수놓아졌고, 그중 한 명의 왼쪽 팔뚝에는 두 개의 붉은 띠가 가로로 그어져 있었다.

기개세 일행은 그들 남의단삼인들이 생도들을 가르치는 '정교반사'라는 것을 알아보았다.

또한 왼쪽 팔뚝에 붉은 띠가 그어진 인물이 중간 우두머리인 정교반사계등장령(正教班師癸等將領), 줄여서 '반계령(班癸領)'이라는 사실을 깨달았다.

반계령은 아무 말도 하지 않고 기개세 일행 여덟 명을 천천히 둘러보았다.

두 명의 정교반사는 꼼짝도 하지 않고 눈동자조차 돌리지 않으며 반계령의 양쪽에 꼿꼿하게 서 있었다.

문득 반계령의 시선이 우연을 업고 있는 기개세에게 잠시 멈추었다.

우연은 화들짝 놀라서 내려달라고 작게 몸을 옴짝거렸으나 기개세는 그대로 가만히 있었다.

내려주면 그 자리에 주저앉을 것이라는 사실을 뻔히 알고 있었기 때문이다.

그 대신 기개세를 비롯한 여덟 명은 반계령 앞에 일렬로 길게 늘어섰다.

"공읍!"

갑자기 정교반사 중 한 명이 쩌렁하게 외쳤다. 나직한 목소리인 것 같은데도 대전이 웅웅 울렸다.

여덟 명은 반계령을 향해 정중히 공읍의 자세를 취했다.

"나는 정교반사 반계령입니다. 이제부터 여러분에게 무도계관에 대해서 설명하겠습니다."

다부진 체구에 구레나룻을 기른 강인한 인상의 반계령은 굵고 낮은 저음으로 처음 말문을 열었다.

　"이곳 무도계관에는 본 숙에서 분류한 계등에 속한 백오십 종류의 무공이 있습니다. 여러분은 그중에서 한 가지를 선택하여 연마한 후 임등으로 오르는 승급시험을 치르게 됩니다."

　그는 대전에 있는 세 개의 문을 가리켰다.

　각자의 문에는 '승(僧)', '도(道)', '유(儒)'라는 글이 크고 뚜렷하게 적혀 있었다.

　반계령의 말에 의하면 '승'에는 천하 무림의 불교무학(佛敎武學)이, '도'에는 도가무학(道家武學), '유'에는 유가무학(儒家武學)과 그 밖의 속가무학(俗家武學)들이 망라되어 있다고 한다.

　계생도는 무도계관에 있는 '승도유'의 백오십 종류 무공 중에서 어느 것을 선택해도 되고, 연마하다가 자신에게 맞지 않는다는 판단이 서면 언제든지 그리고 몇 번이라도 다른 무공을 다시 선택할 수 있었다.

　반드시 언제까지 연마해야 한다는 강제성은 없다. 또한 승급시험을 보든 안 보든 개인의 자유다.

　단, 승급시험을 통과하지 못하면 언제까지나 그 자리에 머물러야 하고, 가문에서는 일 년에 은자 만 냥이라는 값비싼 학습료를 물어야 할 것이다.

　하나의 등(等)에서 위의 등으로 오르는 데 소요되는 시일은 평균적으로 사 개월이다.

물론 계등에서 임등으로 오르는 승급시험이 가장 쉽고 시일도 빠르며, 마지막 을등에서 갑등으로 오르는 승급시험이 가장 어려운 것은 두말할 필요가 없다. 전체 평균이 사 개월이라는 뜻이다.

통상적으로 삼 년에서 삼 년 오 개월이면 갑등에 오른다.

그리고 최후의 대정총본시에 합격하는 시일이 오 개월에서 일 년이 소요되는데, 이 시험이야말로 가장 어려우며 소요되는 시일도 들쑥날쑥이라서 평균을 내지 못한다.

"무도계관 이층에 열 명의 정교반사가 상시 대기하고 있으므로 자신이 선택한 무공에 대해서 자문을 구하거나 교육을 받을 수 있습니다."

반계령은 말을 끝내고 곧장 '승' 이라고 적힌 문, 즉 승실(僧室) 앞으로, 두 명의 정교반사는 도실(道室)과 유실(儒室) 앞으로 걸어가 문을 활짝 열었다.

그궁!

크고 육중한 세 개의 전문이 동시에 열리는 것을 지켜보는 여덟 명의 얼굴에 긴장감이 감돌았다.

제일 먼저 진운상이 생각할 것도 없다는 듯 승실을 향해 성큼성큼 걸어갔다.

소림사 혜각 선사의 속가제자인 그는 불교무학에 깊이 심취되어 있다.

그러므로 불교무학 이외의 무학을 배운다는 것은 생각해

본 적도 없었다.

사실 그가 대정숙에 입교한 이유는 두 가지인데, 첫째가 대정숙이 보유하고 있는 엄청난 분량의 불교무학들을 배우고 싶다는 것이고, 둘째가 대정고수가 되겠다는 소망이었다.

대정숙의 발족 취지는 '정파의 강성'이다. 그래야 사마외도를 힘으로 누르고 천하 무림을 평화롭게 유지할 수 있다고 믿기 때문이다.

백오십칠 년 전에 정파의 명숙들이 이마를 맞대고 오랜 숙의를 거친 끝에 대정숙을 설립하자고 뜻을 모았을 때 정파의 모든 방, 문파들이 열렬히 환영했으며, 자파의 무공비급들을 앞 다투어 대정숙에 기증했었다.

이후 백오십칠 년의 세월이 흐르는 동안에도 꾸준히 정파의 방, 문파들이 무공비급을 기증했으며, 작금에 이르러서는 그 수가 무려 삼천여 종류나 된다고 한다.

그렇다고 아무 무공비급이나 받아들이는 것이 아니다. 대정숙의 최고위인 대정총장(大正總長)과 대정오로가 기증된 무공비급을 면밀히 검토한 후에 당락을 결정한다.

그렇기 때문에 자신들의 무공비급이 대정숙에 있다는 사실 하나만으로도 가문과 자파의 영광이 아닐 수 없었다.

"연아, 너는 어떻게 할 거냐?"

기개세가 업고 있는 우연을 돌아보며 묻자 그녀는 활짝 열린 승실을 말끄러미 바라보았다. 그녀는 아미파 속가제자이므로 당연히 승실이 끌릴 것이다.

"운상, 연아를 부탁해."

그러자 기개세는 막 승실로 들어가고 있는 진운상을 부르며 연아를 내밀었다.

진운상이 그 뜻을 알아차리고 즉시 돌아와서 우연에게 널찍한 등을 내밀자 그녀는 쭈뼛거리며 망설였다.

기개세는 우연을 번쩍 들어 진운상의 등에 업혀주고는 궁둥이를 툭툭 두드렸다.

"연아, 이따가 보자."

그러자 우연은 얼굴이 새빨개져서 진운상의 등에 얼굴을 파묻었다.

기개세가 슥 한차례 둘러보자 손진과 서주동은 도실로 향하고 있었고, 소옥군과 유석, 유정은 기개세 주변에 모여선 채 곰곰이 생각에 잠긴 표정이었다.

사실 기개세는 대정숙에 들어오기 전에 이곳에 있는 열 채의 무학관에 대한 설명을 들었을 때 꼭 찾아보고 싶은 것이 있었다.

이윽고 그가 유실을 향해서 큰 걸음으로 걸어가자 유석과 유정이 즉시 뒤를 따랐다.

두 사람은 무조건 기개세가 하는 대로 따라 하기로 작정을 했기 때문에 추호도 망설임이 없었다.

기개세는 소옥군이 자신의 여자라고 생각하면서도 그녀에

게 이래라저래라 간섭하지 않았다.

　대정숙 내에서는 철저하게 자신과의 싸움이다. 누가 간섭을 하면 판단이 흐려질 수가 있는 것이다.

　소옥군은 기개세의 뒷모습을 잠시 응시하다가 도실로 걸음을 옮겼다.

　검법을 연마하는 그녀는 도가검법이 무림 최고라고 믿고 있기 때문이다.

　정교반사가 미리 불을 밝혔기 때문에 유실 안은 그리 어둡지 않았다.

　불이 환하게 밝은 곳에는 무림팔대세가를 비롯한 무림의 내로라하는 명문가와 방, 문파들의 무공비급 오십여 종 수백 권이 비치되어 있었다.

　무공비급의 진본(眞本)은 따로 보관되어 있으며, 이곳에 있는 것들은 진본을 그대로 베낀 필사본들이다.

　무공 하나에 여러 권의 필사본이 비치된 까닭은, 만약 한 권밖에 없을 경우에 누군가 그 책자를 가져가면 다른 사람들이 선택할 수 없기 때문이었다.

　유실을 택한 사람은 기개세와 유석, 유정 삼 남매뿐이다.

　유석과 유정은 자신들이 속가이기 때문에 기개세가 유실을 선택한 것이라고만 생각했다.

　기개세는 팔대세가와 유명한 명문세가들의 무공비급이 비치된 곳을 한차례 둘러보았다. 그것들은 정면의 가장 좋은 자리를 차지하고 있었다.

그곳은 많은 생도들이 즐겨 찾는 탓인지 책자에 먼지도 없고 가장 밝았다.

기개세는 그곳을 한차례 둘러보고는 오른쪽으로 향했다.

그곳은 옆으로 갈수록 어두컴컴해지고 사람의 손길이 닿지 않은 상태였다.

그는 책자를 뒤적이면서 계속 옆으로 이동을 하여 끝까지 갔으나 원하던 책자를 찾지 못했다.

그래서 다시 한 번 되짚어 살피면서 팔대세가 무공비급이 꽂힌 중앙으로 왔다가 이번에는 왼쪽을 차례로 살폈다.

팔대세가의 무공비급이 있는 서가에서 서성거리던 유석과 유정은 의아한 표정으로 기개세를 쳐다보았다. 그가 무엇을 찾고 있는지 알 수가 없다는 표정이었다.

기개세는 왼쪽 끝까지 갔다가 약간 실망하는 표정을 지었다. 원하는 것을 찾지 못했기 때문이다.

끝 쪽은 많이 어두워서 다른 사람에겐 책자의 글씨가 잘 보이지 않지만 기개세에겐 대낮처럼 잘 보였다.

마지막 책자에서 시선을 거두고 다시 발길을 옆으로 옮기던 그는 뚝 걸음을 멈추었다.

마지막 책자 뒤쪽에 쓰러져 있는 한 권의 책자 모서리 부분이 얼핏 보였다.

슥―

책자를 집어들고 표지의 글씨를 살피던 그의 입가에 만족한 미소가 떠올랐다.

그 모습을 보고 유석과 유정이 다가와 그의 손에 들린 책자의 글씨를 읽느라 미간을 좁혔다.

"아!"

어두운데다 글씨가 흐려서 잠시 후에야 글씨를 읽은 유석은 나직한 탄성을 터뜨렸다.

정교반사가 힐끗 쳐다봤으나 그는 개의치 않고 흥분된 얼굴로 책자를 가리켰다.

"설마 이것이……."

기개세는 두 사람을 위해서 밝은 곳으로 자리를 옮겼다.

"아!"

그제야 글씨를 확인한 유정도 똑같이 탄성을 터뜨렸다.

낙성북두검보(落星北斗劍譜).

기개세가 들고 있는 책자에는 그런 글이 적혀 있었다.

기쁨과 환희, 감격에 가득 찬 표정을 짓고 있는 유석과 유정을 보며 기개세가 싱긋 미소 지으며 물었다.

"이거 낙성검가 것 맞지?"

유석이 대답 대신에 떨리는 손으로 책자 하단을 가리켰다.

낙성신검(落星神劍) 유청후(劉淸厚).

유정이 가늘게 떨리고 울음이 섞인 목소리로 설명했다.

"본 가의 개파조사님이에요."

"제대로 건졌군."

기개세가 고개를 끄덕이고는 성큼성큼 걸어서 유실을 나가자 유석과 유정은 미처 정신을 수습하지 못한 얼굴로 급히 뒤를 따랐다.

기개세는 곧장 밖에 서 있는 반계령에게 다가가서 책자를 내밀었다.

"이 검법을 배우고 싶습니다."

그러자 책자를 보고 난 반계령의 얼굴에 뜻밖이라는 표정이 스쳤다가 곧 이층을 가리켰다.

"교육을 받으려면 이층으로 가십시오."

기개세는 고개를 끄덕이고 유석, 유정과 함께 이층으로 오르는 계단으로 향했다.

유석과 유정은 기개세가 어떻게 해서 낙성북두검보를 선택했는지에 대해 너무 궁금해서 더 이상 참을 수가 없었다. 그래서 이층으로 올라가는 도중에 물었다.

"영아, 어떻게 된 것이냐? 이곳에 낙성북두검보가 있다는 사실을 알고 있었던 것이냐?"

"아니."

기개세는 싱긋 미소 지으며 고개를 가로저었다.

"혹시 본 가의 무공이 있지 않을까 하는 생각에서 찾아본 거야. 그런데 운이 좋았지. 개파조사께서 창시한 검보를 찾게 될 줄이야."

그는 자신이 사도구련 사람이라는 사실을 까맣게 잊은 듯 낙성검가를 본 가라고 천연덕스럽게 말했다.

그는 계단참에서 걸음을 멈추고 책자를 들어 보이면서 궁금한 듯 물었다.

"그런데 이거 괜찮은 검법이지?"

만약 기개세만 아니라면 개파조사가 창안한 검법을 '이거'라고 한 대가를 톡톡하게 치렀을 것이다.

유석은 감격과 흥분을 가라앉히려고 애쓰면서 설명했다.

"팔백여 년 전에 본 가를 개파하신 조사께선 별호에 '신검'이라는 말이 들어 있을 정도로 검에 관한 한 거의 무적을 자랑하셨다고 한다."

그 당시에 천하 무림에는 각 방면에서 가장 고강한 열 명의 절정고수가 있었는데 그들을 우내십인(宇內十人)이라고 칭했으며, 낙성신검 유청후는 우내십인의 한 명이었다.

그는 만년에 스스로 창안한 낙성북두검법으로 천하를 누비다가 원래는 산동성 제남성에 자리를 잡고 낙성검가를 개파했으나 후대에 이르러 세력과 명성이 점차 쇠퇴하여 십삼대 때에 호북성 광화현으로 가문을 옮겼다.

낙성검가가 쇠퇴하게 된 가장 큰 이유는 최고의 검법인 낙
성북두검법이 워낙 난해해서 후대 사람들이 그것을 제대로
익히지 못했기 때문이라고 한다.

수많은 낙성검가 후대들이 도전을 했다가 번번이 고배를
마시게 되자 낙성북두검법은 사실상 유명무실한 무공이 돼버
리고 말았다.

그래서 어느 대엔가 낙성북두검보 진본을 대정숙에 기증
을 했으나 지금에 이르러서는 그 사실조차도 빛이 바래 아무
도 기억을 못하고 있었다.

그래서 그 후대 사람들은 낙성북두검법이라는 무공이 있
었는지조차도 모르게 되었다.

세 사람이 다시 걸음을 옮겨 이층에 이르자 정교반사 한 명
이 기다리고 있다가 책자를 보여달라는 손짓을 해 보였다.

책자를 보고 난 정교반사 역시 아래층의 반계령과 비슷한
반응을 보였다. 뜻밖이라는 것이다.

기개세와 유석, 유정은 그들이 왜 그런 반응을 보이는지 이
해할 수 있었다.

대부분의 계생도들은 필경 무림에서 이름난 무공들을 선
택할 것이다.

그런데 낙성북두검법은 이름마저도 생소한 팔백여 년 전
의 무공이다.

그래서 여태까지 계생도들의 선택을 받지 못했을 것이고,

그래서 그것을 선택한 기개세들에게 그런 반응을 보인 것일
게다.

이층에는 계단을 제외하고는 전부가 방이다. 방의 수만 이
십 개에 달했다.

그곳들은 모두 연공실이며 열 명의 정교반사, 즉 계반사들
이 담당하고 있다.

계단에 있던 계반사는 세 사람을 어느 방문 앞으로 인도한
후 물러갔다.

第三十一章

엄마, 사랑해

大夫
대사부

척!

'九'라고 적힌 방문을 기개세가 열고 들어가는데, 뒤따르
는 유석과 유정은 몹시 긴장한 표정이었다.

그도 그럴 것이, 낙성검가의 실전된 최고의 검법인 낙성북
두검법을 수백 년 만에 되찾았고 이제부터 그것을 연마할 수
있다는 부푼 기대감 때문이었다.

실내에는 한 명의 계반사가 방문 쪽을 향해 우뚝 서 있었
고, 네 방향에 나무와 돌로 만든 사람 모양, 즉 석인(石人)과
목인(木人)이 각각 두 개씩 서 있었다.

계반사, 즉 계생전정교반사구호. 줄여서 계반구(癸班九)는

기개세가 내민 책자의 겉표지를 힐끗 보더니 앞의 두 사람처럼 뜻밖이라는 표정은 짓지 않고 지그시 눈을 감았다.

그리고는 일다경이 지나도록 꼼짝도 하지 않았다.

무도계관에는 백오십 종류의 무공이 있으며, 이곳을 담당하고 있는 반계령을 비롯한 열 명의 정교반사는 그것들을 모두 연마했다.

한 사람당 평균 십오 년에 걸쳐서 열다섯 종류의 무공을 연마해 왔으며 앞으로도 계속 연마할 것이다.

그러므로 이들은 무도계관에 있는 무공에는 통달했다고 할 수 있었다.

그중에서도 계반구는 대정숙 내에서 낙성북두검법을 연마한 유일한 사람이다.

그는 다른 무공과는 달리 낙성북두검법에 이 년여의 세월을 투자했었다.

그가 눈을 감고 있는 이유는 기억 속에서 희미해진 낙성북두검법의 묘리와 동작을 기억해 내려 했기 때문이다.

이윽고 그가 눈을 떴다. 눈을 감기 전하고는 달리 두 눈에서 기광이 번쩍였다.

기개세와 유석, 유정은 그가 무슨 말을 하고, 어떤 동작을 보일지 기대하면서 바짝 긴장했다.

사각의 턱과 특이하게도 한가운데가 오목하게 파인 턱을 갖고 있는 계반구는 두 손을 늘어뜨린 자세로 묵직하게 입을 열었다.

"낙성북두검법은 팔백여 년 전에는 달리 북두검법(北斗劍法)이라고도 불렸습니다."

기개세는 물론이고 유석과 유정도 처음 듣는 사실이었다.

"북두검법의 창시자이신 낙성신검 유청후 대협은 무림에서 가장 고강한 우내십인 중 한 분이셨습니다. 북두검법은 그만큼 고매하고 또 난해하며 위력적입니다."

"아……."

너무 감동한 유정은 자신도 모르게 탄성을 흘리고는 화들짝 놀랐다. 그녀만이 아니라 유석도 감격하여 저절로 두 주먹을 움켜쥐었다.

"나는 북두검법을 사성밖에 연마하지 못했습니다. 그래도 배우기를 원합니까?"

그는 열다섯 종류의 무공을 연마했으나 사성밖에 익히지 못한 것은 낙성북두검법 하나뿐이다. 그만큼 연마하기가 난해하다는 뜻이었다.

"네!"

기개세와 유석, 유정은 동시에 큰 소리로 대답했다.

스릉!

계반구는 엄숙한 표정으로 천천히 검을 뽑았다. 발검하는 동작마저 검초식의 연장이듯, 흐트러짐없는 경건하기까지 한 동작이다.

싸아악!

계반구는 검을 뽑는 것과 동시에 움직이기 시작했다. 검이 허공을 가르고 두 발이, 아니, 발끝과 발뒤꿈치가 바닥을 끌고 밀며 어지럽게 미끄러졌다.

피이잉!

활시위를 있는 힘껏 당겼다가 놓은 것 같은 파공음이 흐를 때, 계반구의 검은 허공을 세로로 쪼개고 있었으며, 두 발끝으로 가볍게 바닥을 박차고 떠올랐다가 어느새 하강하는 중이었다.

팍!

다음 순간 그의 검이 목인의 정수리를 쪼갰고, 상체를 뒤집는가 싶었는데 어느새 반대 방향의 목인을 향해 쏘아가며 검이 번뜩번뜩 물고기의 비늘처럼, 아니, 밤하늘의 별이 반짝이듯이 검광을 뿜어냈다.

팟!

뒤이어 또 하나의 목인이 목이 뎅겅 잘라져 허공으로 솟구쳤고, 계반구는 동작을 멈추고 검을 어깨의 검실에 꽂으면서 우뚝 멈춰 섰다.

유석과 유정은 두 눈을 부릅뜨고 입을 반쯤 벌린 채 놀랍고도 황당한 표정을 가득 떠올렸다.

"못… 봤습니다."

두 사람은 계반구가 기수식을 갖춘 후에 초식을 시작할 것이라고 예상하고 있다가 그가 발검과 동시에 초식을 전개하자 깜짝 놀랐다.

그런데 전개하자마자 목인 두 개의 정수리와 목을 순식간에 쪼개고 베어버리면서 끝냈다고 하니 그저 어안이 벙벙한 표정이다.

계반구는 검파에서 손을 떼면서 나직한 어조로 설명했다.

"북두검법은 단 일 초식 칠 변(變)으로 이루어져 있는데, 나는 방금 일초칠변(一招七變)을 모두 전개했으며, 그중에 이변으로 목인을 쪼개고 베었습니다."

일초칠변을 모두 전개했다는데 유석과 유정은 두 개의 목인을 쪼개고 벤 이변조차도 제대로 보지 못했다.

'하나를 놓쳤다.'

눈도 깜빡이지 않고 줄곧 지켜보고 있던 기개세는 속으로 중얼거렸다.

그는 계반구의 동작에서 최초의 일변을 놓치고 그 이후의 육 변을 모두 보았다.

그러나 단지 보았을 뿐이지 그것을 똑같이 흉내 낼 수 있다는 뜻은 아니다.

"칠 변을 모두 공격으로도, 그리고 방어로도 사용할 수 있습니다. 그러나 나는 일초칠변을 전개할 수는 있으나 그중에 삼 변만을 공격이나 방어로 전환할 수 있을 뿐입니다. 그것이 사성 수준이고, 칠 변을 모두 공격이나 방어 자유자재로 전환할 수 있어야 십성 완성입니다."

그는 자신이 이 년 동안 연마하여 겨우 사성 수준에 도달한 낙성북두검법, 아니, 북두검법을 기개세와 유석, 유정이 어느 수준까지 익히는지에 대해서는 관심이 없었다. 그저 자신의 본분을 다하고 있을 뿐이었다.

"부언하자면, 북두검법을 완벽하게 연마할 수 있는 사람은 팔백 년 전의 낙성신검 한 분뿐일 것입니다."

그 말을 듣고 유석과 유정의 표정이 크게 흔들렸다. 자신이 없어진 것이다.

"이것을 어느 수준까지 연마해야 승급시험에서 통과할 수 있습니까?"

"일초칠변을 전개해야 하고, 그중에 일변을 공격이나 방어로 전환해야 통과할 수 있습니다."

유석과 유정은 난색을 떠올렸다.

매월 말일에 있는 승급시험을 치르려면 앞으로 삼십 일이 남았는데, 계반구가 요구하는 대로라면 한 달이 아니라 반년 안에도 불가능할 것 같았다.

"한 번 더 보여주십시오."

그때 기개세가 진지한 표정으로 계반구에게 요구했다.

"알겠습니다."

계반구는 대답을 하고 나서 다리를 벌리고 우뚝 서서 오른손을 검파로 가져갔다.

유석과 유정은 잔뜩 긴장해서 눈을 부릅뜨고 이번에는 한 동작도 놓치지 않겠다는 각오로 계반구를 주시했다.

스릉!

아까처럼 계반구의 검실에서 검이 뽑혔다.

쏴아악!

역시 발검을 하자마자 초식이 펼쳐졌다.

검이 허공을 가르고 쪼개고 찌를 때마다 별빛처럼 검신이 번뜩였다.

그뿐만이 아니라 두 발이 때론 갈댓잎 끝을 밟은 듯, 그리고 때로는 얼음 위를 미끄러지듯 현란하고도 빠르게 실내를 누볐다.

또한 두 무릎이나 한쪽 무릎만 굽히고 펴기를 반복하고, 발끝을 비틀고, 반 회전, 한 회전을 번갈아가면서 하는 순간 어느덧 일초칠변이 끝나 버렸다.

딱 네 호흡밖에 걸리지 않았다. 무림에서 이처럼 짧은 검초식은 흔하지 않을 것이다.

"한 번 더. 이번에는 검을 꽂지 말고 전개해 보십시오."

계반구가 동작을 멈추고 검을 검실에 꽂으려고 하자 기개세가 급히 주문했다.

계반구는 검을 검실에 꽂지 않고 다시 북두검법을 시작했다. 하지만 검실에 꽂지 않았을 뿐이지 꽂는 시늉을 한 후에 다시 발검하는 동작과 검초식을 이어서 전개했다.

"한 번 더. 이번에는 삼 변을 모두 펼치되 공격으로 전환하십시오."

세 번째 시연이 끝나자마자 기개세가 다시 요구했다. 북두검법을 사성까지 연마한 계반구가 전력으로 전개하기를 요구한 것이다.

그때까지도 유석과 유정은 검초식을 제대로 보는 것조차 하지 못했다.

"이번에는 삼 변을 방어로."

계반구가 다섯 번째 북두검법을 전개하는 것을 기개세는 너무도 진지한 표정으로 눈도 깜빡이지 않고 지켜보았다.

계반구의 전개가 끝나자 기개세는 갑자기 그 자리에 선 채 팔락거리면서 낙성북두검보를 읽기 시작했다.

팔락팔락…….

실내에는 책장 넘기는 소리만 들렸다.

이각쯤 지났을 때, 그는 책자를 다시 앞에서부터 넘기다가 어느 곳에서 멈추고는 자세히 읽다가 고개를 들고 계반구를 쳐다보았다.

"극추(極樞), 염정(廉貞)을 공격으로, 파군(破軍)을 방어로 전환해 보십시오."

순간 계반구의 눈동자가 가볍게 흔들렸다.

북두검법의 일변이 극추이고, 오변이 염정, 칠변이 파군이다.

그런데 기개세는 극추와 염정을 공격으로, 파군을 방어로 전환해서 전개해 보라고 요구했다.

그런 요구는 북두검법의 난해한 구결을 어느 정도 이해했거나 아니면 아무것도 모르는 사람이 할 수 있었다.

"내 수준으로 그것은 불가능……."

현재 계반구의 사성 수준으로는 공격이면 공격, 방어면 방어로만 전개가 가능하지 공격과 방어를 섞어서 동시에 전개할 수가 없었다.

"해보십시오. 다만 이번에는 거문(巨門)으로 보법을 밟아야 합니다."

"……!"

계반구는 적잖이 놀란 표정을 지었다. 대정숙의 정도고수들은 수양이 깊어서 웬만한 일에는 놀라지 않는다는 것을 고려한다면 지금 그의 놀라움이 어느 정도인지 짐작할 수 있을 것이다.

북두검법의 칠 변은 북두칠성의 일곱 개 별의 방위와 그것들이 매시간마다 천공을 흐르는 운행 주기에 따른 것이다.

그런데 그것에 일곱 개의 각기 다른 보법이 감추어져 있다는 사실을 계반구는 북두검법을 배운 지 일 년이 지나서야 겨우 깨달았었다.

칠 변에 따라서 이리 뛰고 저리 뛰기를 일 년 동안 반복하다가 우연히 깨달았다는 뜻이다.

단언하건대 낙성북두검보는 천하에 대정숙에 있는 한 권, 아니, 필사본까지 두 권이 전부다. 그것은 이미 대정숙에서 낙성검가에도 확인한 사실이다.

그렇다면 낙성검가의 차남인 유영은 지금 이 자리에서 낙성북두검보를 처음 보는 것이어야 맞다.

그런 그가 계반구가 일 년 걸려서 알아낸 북두검법의 보법을, 그것도 일곱 개의 보법과 일곱 개 검의 변화의 상관관계까지 알아내서 조언을 해주었으니 어찌 계반구가 놀라지 않을 재간이 있겠는가.

물론 유석과 유정은 기개세가 무슨 말을 하는 것인지 추호도 이해를 하지 못하고 있다.

기개세는 그렇게 말해놓고 계반구를 빤히 주시했다. 어서 해보라는 표정이었다.

계반구는 잠시 생각해 보았다. 극추와 염정을 공격으로, 파군을 방어로, 그리고 거문의 보법을 밟는다.

'가능할 수도 있다.'

그런 조합은 한 번도 생각해 본 적이 없지만, 지금 생각해 보니까 가능할 수도 있을 듯했다.

쏴아악!

계반구의 여섯 번째 시연이 시작됐다. 하지만 이번에는 생도에게 보이기 위한 시범을 넘어서 계반구 자신의 도전이기도 했다.

그는 지금껏 시연한 다섯 번보다 더욱 긴장하고 신경을 써서 북두검법을 전개했다.

초식을 시작하자마자 거문으로 보법을 밟는 것과 동시에 허공의 극추 방위에 쪼개기 공격을 가하고, 다음 순간 번쩍! 검이 뒤집어지며 염정을 찌르면서 재빨리 검을 회수하여 파군의 방어를 취했다.

이 정도 수준이면 무림에서 웬만한 검의 고수와 맞붙어도 거의 패하지 않을 것이다.

'성공……'

계반구는 속으로 중얼거리다가 갑자기 다리가 꼬이고 상체가 뒤집히면서 몸이 기우뚱하는 것을 느꼈다.

쿵!

"윽!"

이어서 그는 뒤로 자빠지면서 뒷머리를 바닥에 호되게 부딪치고는 고통스러운 신음을 토해냈다.

뒷머리에는 급소가 몰려 있다. 그곳에 강한 충격을 받으며 쓰러졌으니 계반구는 잠시 동안 정신을 차리지 못하고 바닥에 주저앉아 있었다.

그가 겨우 정신을 차렸을 때 기개세의 중얼거림이 들렸다.

"그게 아닌가?"

유석과 유정은 씁쓸한 표정을 지었고, 계반구는 비틀거리면서 일어나며 기개세에게 슬쩍 인상을 썼다.

정교반사로서는 할 수 없는 행동이지만 지금은 기개세가 조금 원망스러워서 부지중에 나온 행동이었다.

탁!

"그렇지! 극추와 염정이 공격이고 파군이 방어니까… 두 번의 공격의 보법이 세 번째 변화 때에는 방어의 보법으로 바뀌어야 하는 거로군."

그러나 기개세는 아랑곳하지 않고 손바닥으로 책자를 소리 나게 치며 또다시 깨달음을 얻었다.

"공격의 보법이 방어의 보법으로 변환… 입니까?"

계반구는 자신도 모르게 중얼거리듯 물었다. 기개세의 말은 크게 설득력이 있었다.

"그렇습니다. 거문 직후에 무곡(武曲)을 밟아보십시오."

"알겠습니다."

단언하건대, 계반구는 정식으로 정교반사가 된 이후 지난 십 년 동안 생도와 지금처럼 죽이 잘 맞았던 적이 맹세코 단 한 번도 없었다.

쐐아악!

파파팟!

일곱 번째 북두검법을 전개하는 계반구의 동작은 여태까지의 여섯 번보다 훨씬 매끄럽고 위력적이었다.

미끌!

마지막 파군의 방어를 하면서 무곡의 보법을 밟고 난 직후 약간 균형을 잃고 쓰러질 뻔했으나 계반구는 무사히 두 번의 공격과 한 번의 방어를 끝냈다.

그는 가르쳐야 할 자신이 생도에게 한 수, 그것도 굉장한 것을 배우고 있다는 사실을 미처 깨닫지 못했다.

"해… 냈습니다!"

계반구는 자신도 모르게 열띤 탄성을 터뜨렸다.

배움과 깨달음, 그리고 성취감의 기쁨이란 천하의 모든 무인들에게는 공통된 것이다.

계반구라고 다를 바 없다. 그는 제자가 사부에게 자랑하는 듯한 표정을 짓고 있었다.

"이번에는 사 변에 도전해 봅시다."

"그것이 가능하겠습니까……?"

그렇게 묻는 계반구의 목소리에는 기대가 짙게 배어 있었다. 북두검법을 이 년 동안 사력을 다해서 연마했는데도 삼 변밖에 익히지 못한 사람의 간절함이 그의 얼굴에 흐릿하게 떠올라 있었다.

유석과 유정은 꿔다 놓은 보릿자루처럼 한쪽에 서서 두 사람이 하는 양을 멀뚱하게 지켜보기만 했다.

잠시 후.

쿠당탕!

"으윽……!"

계반구가 얼굴을 거꾸로 추락하여 바닥에 갈아엎으면서

볼썽사납게 고꾸라졌다.

그러나 그는 벌떡 일어나더니 다시 자세를 잡고 외쳤다.

"다시 한 번 해보겠습니다."

"훌륭한 도전정신입니다."

기개세는 칭찬을 아끼지 않으며 이번에는 다른 방법으로 해보라고 친절하게 조언했다.

＊　　　＊　　　＊

무창성 사도구련 총련.

사도구로의 홍일점인 요미선 암향이 빠른 걸음으로 한송연의 거처로 들어서고 있었다.

"암향입니다."

요미선이 방문 밖에서 고하자 잠시 후 하녀가 방문을 열어주었다.

그녀가 들어서자 한송연은 언제나처럼 창가에 서서 먼 하늘을 하염없이 바라보고 있었다.

눈에 넣어도 아프지 않을 하나뿐인 외아들 기개세가 사도구련 총련을 떠난 지 벌써 두 달 하고도 열흘이 지났다.

한송연은 아들만 떠나보낸 것이 아니다. 자신의 모든 희망과 기쁨과 행복마저도 한꺼번에 떠나보냈다.

그날 이후 그녀는 하루에 한 끼조차 제대로 먹지 않으며 하루 종일 창가에 서서 먼 북쪽 하늘만 바라보며 아들을 그리워하고 있었다.

그녀가 바라보고 있는 저 먼 북쪽 하늘 아래에는 낙양성과 대정숙이 있었다.

이렇게 아들이 사무치게 그리울 줄 알았으면, 이토록 뼛골이 저리고 심장이 조각나는 것처럼 아들이 보고 싶을 줄 조금이라도 미리 알았었다면, 정녕코 보내지 않았을 터이다.

시아버님의 유언이 아니라, 조상들이 한꺼번에 무덤에서 일어나 협박을 한다고 하더라도 목숨을 걸고 아들을 보내지 않았을 것이다.

한송연에게는 하루하루가 지옥이었다. 아들이 떠나기 전까지는, 불길이 활활 타고 악귀들이 죽은 영혼을 난도질하는 곳이 지옥인 줄 알았더니, 이제 보니 아들이 없는 이 세상이 바로 지옥이었더라.

"대부인."

요미선은 두어 달 전에 비해서 몰라보게 수척해진 한송연에게 다가가며 조심스럽게 불렀다.

"어서 오세요, 향 언니."

한송연은 미소를 지으려고 애쓰면서 돌아보았다. 그러나 요미선에게는 그 모습이 더욱 안쓰럽게 보였다.

한 가지 다행스러운 일은, 지금 요미선에게 한송연을 위로해 줄 말이 있다는 사실이었다.

그리고 한송연의 수척한 모습을 본 요미선은 시간을 끌지 않기로 마음을 먹었다.

"낙양성에서 소랑의 비합전서가 당도했습니다."

요미선은 그 말끝에 한송연의 퀭한 얼굴이 마치 한 송이 꽃봉오리가 만개하듯이 환하게 밝아지는 것을 보았다.

와락!

"정말인가요? 뭐라던가요? 세아는 잘 있다던가요? 어디 탈이 난 곳은 없다고 하던가요?"

이 수척한 여인의 어디에서 그런 힘이 솟는 것인지, 한송연은 두 손으로 요미선의 양쪽 어깨를 힘주어 잡으면서 한꺼번에 질문을 쏟아냈다.

"놀라지 마십시오."

요미선은 말을 해놓고 아차! 했다. 놀라지 말라는 말에 한송연의 안색이 해쓱해졌기 때문이다.

'이런 실수를……'

어미가 되어본 적이 없는 여자의 실수다.

"지금 생각하고 계신 그런 일은 절대 없습니다. 대공자는 무사히 낙양성에 도착을 했고, 또 무사히 대정숙에 입교를 하셨습니다."

한송연은 믿을 수 없다는 듯한 표정을 한동안 짓고 있다가 조심스럽게 물었다.

"정말인가요?"

“정말입니다.”

“아…….”

“정파 명문세가의 자식들이라고 해도 대정숙에 입교하는 것이 얼마나 어려운 일인지 대부인도 알고 계시지요?”

“알아요, 언니.”

요미선은 빙그레 미소를 지었다.

마치 자신이 기개세의 어미라도 된 듯 너무도 흡족하고 자랑스러운 미소다.

그리고 그런 미소를, 아니, 그보다 더 환한 미소를 곧 한송연이 얼굴 가득 떠올릴 것이라는 생각을 하니까 가슴속이 훈훈했다.

“이번에 칠십이 명이 대정숙에 시험을 치렀는데 최종적으로 십칠 명만이 합격을 하였답니다.”

“그… 십칠 명에 세아가 포함된 건가요?”

“그렇습니다.”

“오오… 천지신명이시여…….”

“대정숙 백오십칠 년 역사상 만점자는 불과 이십칠 명뿐이었다고 합니다.”

한송연은 요미선이 왜 만점자 운운하는 것인지 그 진위를 알아내려는 듯 아름다운 눈을 깜빡거리다가 한순간 눈을 커다랗게 떴다.

“서… 설마…….”

“맞습니다.”

“우… 우리 세아가…….”

“그렇습니다.”

“마… 만점으로 합격했다는 것인가요? 대… 정숙에?”

“소랑이 사부에게 거짓말을 하는 것이 아니라면 틀림없는 사실입니다.”

“아아…….”

한송연을 크게 위로하려던 요미선의 계획은 실패했다.

너무 기쁜 나머지 한송연이 혼절을 해버렸기 때문이다.

한송연이 혼절해 있는 동안 요미선은 이번에 알릴 소식은 반응을 극대화시키기 위해서 질질 끄는 짓거리 따위는 절대로 하지 않겠다고 다짐했다.

“아…….”

일각 후에 침상에서 깨어난 한송연은 기개세가 만점으로 대정숙에 입교했다는 사실을 현실로 받아들이기 위해서 다시 반 각 이상을 허비해야만 했다.

진정이 됐다고 여긴 요미선이 품속에서 조심스럽게 꼬깃꼬깃 접은 쪽지를 꺼내 한송연에게 내밀었다.

“뭔가요?”

한송연이 의아한 표정으로 쪽지를 받으면서 물었으나 요미선은 아무 말도 하지 않았다.

바스락.

한송연은 다시금 긴장된 표정으로 쪽지를 펼쳤다.

거기에는 일필휘지 정말 잘 쓴 글씨로 두 줄이 적혀 있었다.

엄마, 밥 굶지 말고 많이 먹고 건강해. 정말 많이 사랑해.
아버지한테도 보고 싶다고 전해줘.

"으흑흑흑!"

순간 한송연은 쪽지를 가슴에 안고 쓰러지면서 심장을 토해내듯 오열을 터뜨렸다.

한송연은 종종걸음으로 남편 기무군의 집무실로 향했다.

아들이 떠난 이후 마주 앉는 것조차 꺼리던 그녀가 방 안으로 들어서자 기무군은 벌떡 일어나 반겼다.

"어서 오시오, 부인."

방문이 닫혔다.

그리고 잠시 후에 방 안에서 기무군의 통곡 소리가 우렁차게 터져 나왔다.

"으허엉~! 세아! 이놈아! 아비도 네가 보고 싶어서 죽겠다!"

*   *   *

하여상의 소원이 이루어졌다.

아니, 평소 그녀가 소원했던 것보다 더 큰 꿈이 이루어졌다.

새로 얻은 차남 유영이 대정숙에 이십팔 번째 만점자로 입교했다. 그뿐 아니라 큰아들 유석과 막내딸 유정도 덜컥 입교를 했다.

그야말로 낙성검가 최고 최대의 경사스러운 일이고 영광이 아닐 수 없었다.

더구나 그 소문이 일파만파로 퍼져서 삼 남매가 대정숙에 입교한 지 열흘 동안에 낙성검가에서 검법을 배우겠다고 몰려든 문하제자가 수백 명에 이르렀다.

그래서 하여상은 그들 중에서 거르고 걸러 오십 명만 선발하는 행복한 고민을 해야만 했다.

하여상은 매일 아침과 오후 두 차례 낙성검가 고유의 검술복을 차려입고 오십 명 문하제자에게 삼원심법과 사신검법의 기초를 가르쳤다.

그 외의 시간은 남편 유당환을 간병하면서 보냈다. 물론 낙양성 최고의 명의가 매일 들러서 남편을 치료하고, 한 명의 하녀가 남편 곁에 꼭 붙어서 보살피고 있었다.

무엇보다도 기쁜 소식은, 주화입마로 쓰러졌던 남편 유당환이 실로 오랜 혼절에서 깨어나 눈을 뜨고 또 말을 할 수 있게 되었다는 사실이다.

물론 하여상이 깨어난 남편에게 가장 먼저 해준 말은, 둘째 아들 유영이 불의의 사고로 죽었다는 사실, 그리고 그 후에 새로 얻은 양자가 낙성검가를 거센 불길처럼 부흥시키고 있다는 사실이었다.

第三十二章

풍운의 낙양성

대사부

[삼 남매가 모두 대정숙에 입교했다고?]

[그렇습니다.]

[셋 중에 누가 절대신검을 갖고 있느냐?]

[그것까지는 모르겠습니다. 그러나 막내가 계집이니까 큰 아들과 둘째 아들 둘 중 하나가 절대신검을 지니고 있을 것입니다.]

낙양성 어느 객잔의 객방 안에서 그런 대화가 오고 갔다.

하지만 전음입밀로 주고받는 대화라서 말소리는 한마디도 객방 밖으로 새어나가지 않았다.

[대정숙에 입교한 지 열흘밖에 지나지 않았다면 아직 계생

도겠군.]

또 다른 목소리가 전음으로 중얼거렸다. 이들의 대화는 처음부터 끝까지 전음으로 이루어지고 있었다.

객방 안에는 모두 세 명이 있다.

한 명은 침상에 번듯하게 누워서 두 팔을 머리 뒤로 돌려 팔베개를 하고 있다.

다른 한 명은 탁자를 앞에 두고 의자에 앉았으며, 마지막 한 명은 의자에 앉은 인물 옆에 공손하게 약간 허리를 굽힌 자세로 서 있다.

[한번 들어가 볼까?]

침상의 인물. 삼십대 초반의 나이에 눈처럼 흰 살결을 지니고 있으며, 새카만 눈썹과 까만 눈은 맑으면서도 서글서글했고, 칼날처럼 우뚝한 콧날과 장미꽃잎을 물고 있는 듯 새빨간 입술을 지닌 미남자가 무릎 위에 얹은 다리를 건들거리면서 말했다.

[이봐, 옥제(玉帝). 설마 대정숙에 들어가 보겠다고 말하는 것은 아니겠지?]

원래는 '옥마제'라는 별호를 지녔으나 이들은 자기들끼리 부를 때에는 '마' 자를 떼는 버릇이 있었다.

의자에 앉은 인물은 적마제라는 별호로 불린다. 그는 피처럼 붉은 혈포를 입었으며, 치렁치렁 길게 기른 머리카락도 핏빛이며, 대략 오십오륙 세 나이에 커다란 체구와 부리부리한

눈, 커다란 입을 지녔다.

그리고 무릎 위에는 한 자루 피처럼 붉은 커다란 대도(大刀)가 놓여 있었다.

적마제는 다시 한 번 주지시켰다.

[자네, 설마 대정숙이 철옹성(鐵甕城)이라는 사실을 잊은 것은 아니겠지?]

[알고 있네. 하지만 나를 막지는 못할 거야.]

옥마제는 처음에는 농담 반 진담 반으로 얘기를 꺼냈다가 적마제가 정색을 하고 적극적으로 만류하자 은근히 호승지심이 생겼다.

문득 그의 입가에 흐릿한 미소가 떠올랐다.

[후후, 맡겨두게. 대정숙 계생전에 낙성검가의 두 아들놈이 있다면 그중에서 누가 절대신검을 갖고 있는지 알아내는 것은 물론이고 놈을 산 채로 끌고 나오겠네.]

[옥제, 원래 나 적마제는 겁이 없는 사람이지만, 나라고 해도 대정숙만은 함부로 잠입할 엄두도 내지 못하네. 그러니 다시 생각해 보게.]

적마제가 더욱 심각한 표정으로 만류하자 옥마제의 호승심은 그만큼 더 커졌다.

[흥! 그깟 정파 놈들이 세면 얼마나 세겠어?]

그는 몸을 일으키면서 냉소를 쳤다.

　　　　　*　　　　　*　　　　　*

　옥마제와 적마제가 투숙하고 있는 객잔 건너편의 어느 주루 구석진 자리에 두 사람이 마주 앉아서 긴밀한 대화를 나누고 있었다.

　[적마제의 수하 한 명이 신분을 감추고 낙성검가에 문하제자로 들어갔습니다.]

　[낙성검가에? 무슨 일로?]

　[그것까지는 모르겠습니다만, 그 수하가 지금 적마제를 만나고 있는 것으로 봐서는 낙성검가에서 뭔가를 알아내서 보고하고 있는 듯합니다.]

　[낙성검가라…….]

　이들의 대화도 전음입밀이다.

　마주 앉은 두 사람 중에 한 사람은 황포를 입고 이마에 띠를 둘렀으며 한 자루 도를 어깨에 메고 있는 사십오 세가량의 강직해 보이는 인상이었다.

　또 한 사람은 꾀죄죄한 거지 행색이며 뻐드렁니에 헝클어진 머리카락, 얼굴과 손에 때가 더덕더덕해서 나이를 알아보기 어려웠는데, 주루의 손님들이 눈살을 찌푸리고 있었다.

　하지만 거지하고 마주 앉은 사람의 패도적인 기세 때문에 내색을 하지 못하는 듯했다.

거지는 개방제자인데 상의가 다섯 번 꿰매 입은 것으로 미루어 오결제자(五結弟子)이고, 그 정도면 개방 낙양 분타의 분타주 정도의 신분이다.

[저 객잔에 누가 있소?]

황포인의 물음에 낙양 분타주 팔조유개(八爪流丐)는 힐끗 창 쪽을 쳐다보고 나서 대답했다.

[적마제와 옥마제, 그리고 낙성검가에 거짓 문하제자가 된 적마제의 수하가 있습니다.]

추측도 아니고 '있다' 고 단정하는 팔조유개다. 그만큼 개방의 정보망은 확실하다는 자신감이었다.

[그렇다면…….]

황포인. 북경성 뇌룡문의 백도장(百刀長)이라는 신분을 지니고 있는 그는 창을 응시하며 한동안 생각에 잠겼다가 몸을 일으켰다.

[유개, 계속 수고해 주시오.]

[걱정 마십시오.]

팔조유개는 따라 일어서며 공손히 대답했다.

사실 팔조유개는 자신과 낙양 분타의 제자들이 무엇 때문에 마도오세의 하나인 혈룡궁의 적마제와 옥마제를 감시하고 있는 것인지 이유를 모르고 있었다.

그러나 알 필요가 없다. 뇌룡문을 비롯한 네 개의 명문가, 즉 천검사호문이 절세의 대영웅 천검신문 태문주를 호위하는 세력이라는 사실을 잘 알고 있기 때문이다.

　그러나 그 사실을 개방제자들이 다 알고 있는 것은 아니다. 개방 내에서도 오결제자, 즉 분타주 이상만 알고 있었다.

　그렇지만 팔조유개도 머리가 있으니 생각을 할 수 있다.

　삼백여 년 동안 잠잠해 있던 마도오세가 마침내 준동(蠢動)을 시작하고, 천검사호문이 그들을 쫓기 시작했다면, 그것은 오로지 한 가지 사실을 의미한다.

　전설적인 절세영웅 천검신문 태문주의 출현이 임박했다는 사실이다.

＊　　　＊　　　＊

　한 명의 방갓인이 불쑥 낙성검가를 방문했다.

　그는 황포를 입었는데 방갓을 깊숙이 눌러쓰고 있어서 얼굴이 전혀 보이지 않았다.

　황포인은 뇌룡문의 백도장인데 낙성검가 문하제자들 중에 신분을 속이고 입문한 마도고수가 있을까 봐 방갓을 쓰고 찾아온 것이다.

　하여상은 아직 업무를 전담할 사람이나 사범을 두지 못한 형편이라서 모든 일을 직접 처리해야만 했다.

　그녀는 탁자 맞은편에 꼿꼿한 자세로 앉은 낯선 방갓인을 바라보며 온화한 표정으로 물었다.

"무슨 일로 오셨습니까?"

"한 가지 여쭈어볼 것이 있어서 부인을 뵙자고 했습니다."

하여상은 사람과 마주 앉아서도 방갓을 쓰고 있는 상대가 그다지 좋은 사람은 아닐 것 같다는 인상을 받았다. 그렇지만 내색하지는 않았다.

"무엇입니까?"

"두 아드님 중에서 누군가 근래에 검 한 자루를 얻지 않았습니까?"

"……!"

하여상은 가볍게 움찔하며 표정이 굳어졌다.

백도장은 그것을 놓치지 않았다.

"두 아드님 중에서 누가 얻었습니까?"

단도직입적이다.

하여상은 백도장이 검에 대해서 물었을 때 순간적으로 기개세의 '천신검'을 떠올렸다.

또한 백도장이 필경 좋은 뜻으로 물은 것이 아니라는 사실을 직감했다.

그래서 그녀는 자신도 모르게 몸을 움찔 떤 것이다. 경계의 몸짓이었다.

"무례하군요."

하여상이 나직이 꾸짖자 그제야 백도장은 자신이 너무 흥분해서 결례를 범했다는 사실을 깨달았다.

백도장이 깨달은 것은 또 있다. 낙성검가 같은 명문가를 상대할 때에는 거짓말로 상대를 우롱하기보다는, 자신의 신분을 분명히 밝힌 후에 도움을 청하는 것이 옳은 방법이라는 사실이다.

슥―

그는 절제된 동작으로 방갓을 벗어 탁자 위에 내려놓았다.

하여상은 백도장의 얼굴을 보고 뜻밖이라는 표정을 얼핏 떠올렸다가 지웠다.

백도장의 무례함으로 봤을 때 좋지 않은 신분일 것이라고 예상했던 그녀다. 하지만 백도장의 얼굴에서는 정기가 넘쳐 흐르고 있었다.

백도장은 정중히 포권을 하며 가볍게 고개를 숙였다.

"결례를 범해서 죄송하오."

다소곳이 앉은 하여상은 가볍게 고개를 끄덕여 보였다. 명문가의 대부인으로서 손색이 없는 몸가짐이다.

그녀의 작은 동작은 백도장이 계속 말하기를, 즉 신분을 밝히기를 종용하고 있었다.

그리고 백도장은 그것을 제대로 알아들었다.

"나는 북경성 뇌룡문의 백도장이라고 하오."

하여상은 크게 놀랐다. 무림팔대세가는 구대문파와 어깨를 나란히 할 정도로 명성과 세력을 자랑하고 있다.

더구나 북경성의 뇌룡문이라면 정파 중에서도 정파, 대문파 중에서도 대문파로 꼽힌다.

그런 뇌룡문이 자랑하는 것이 세 가지가 있다는 것을 하여상은 잘 알고 있었다.

첫째가 무림대협으로 추앙받고 있는 뇌룡문주인 뇌룡도황 담무혁.

둘째는 '뇌룡문의 힘'이라고 일컫는 뇌룡백도(雷龍百刀).

셋째는 뇌룡문의 성명도법인 뇌룡폭렬도(雷龍爆裂刀).

그런데 지금 하여상의 눈앞에 앉아 있는 사람이 자신을 뇌룡문의 두 번째 자랑인 뇌룡백도의 우두머리 백도장이라고 소개한 것이다.

하여상의 시선이 날카롭게 백도장의 얼굴과 탁자 위로 드러난 상체를 살피듯이 훑었다.

과연 뇌룡백도장으로서 추호도 손색이 없는 기개이며 풍채를 지니고 있었다.

하여상의 시선이 마지막으로 머문 곳은 백도장이 어깨에 메고 있는 한 자루 도의 도파였다.

그곳에는 '뇌룡(雷龍)'이라는 두 글자가 용의 형상을 섞어서 뚜렷하게 양각되어 있었다.

무림에서 오직 뇌룡문 사람만이 그런 표식을 지니고 있다는 것을 하여상은 잘 알고 있었다.

하여상은 적잖이 놀랐으나 곧 진정하고 정중하게 포권을 해 보였다.

"뇌룡문의 백도장께서 무슨 일로 본 가에 오셔서 저의 두 아들에 대해서 물으십니까?"

정중하면서도 조금도 굴하지 않는 언행이다. 어쩌면, 광화현의 낙성검가 시절이었으면 그녀는 이처럼 당당할 수 없었을지도 모른다.

그러나 지금 그녀에겐 너무도 자랑스러운 삼 남매가 있다. 그중에서도 둘째 아들은 대정숙에 만점으로 입교한 작은 영웅이 아닌가.

그것은 그녀로 하여금 천하를 얻고 하늘을 가진 것보다 더 큰 자신감을 발휘하게 해주었다.

"돌려서 말씀드리지 않겠습니다."

원래 거짓말이나 에둘러서 말하는 것을 싫어하는 백도장은 자세를 더욱 완고하게 고쳐 앉았다.

지금부터 하게 될 말이 몹시 중요하다는 것을 상대에게 인식시켜 주려는 의도다.

"마도오세를 아십니까?"

백도장은 하여상을 똑바로 주시하며 불쑥 물었다.

하여상이 마도오세를 모를 리 없다.

그들을 한 번도 본 적은 없으나, 정파에 구대문파와 팔대세가가 존재하고, 사도에 사도구련이 있으며, 마도에 마도오세가 버티고 있다는 사실은 무림에 적을 두고 있는 사람이라면 잘 알고 있는 사실이었다.

그보다 더 마도오세를 유명한 존재로 만든 것은, 삼백여 년 전, 아니, 정확하게 삼백칠 년 전에 있었던 천지대전(天地大戰) 때문이다.

그 당시, 더할 수 없이 극강해진 마도가 어느 날 일제히 구대문파와 무림팔대세가를 공격하여 무림사에 전무후무한 무림전쟁이 발발했었는데, 훗날 사가(史家)들은 그것을 천지대전이라고 불렀다.

얼마나 커다란 전쟁이었으면 천지대전이라는 이름이 붙었겠는가.

그러나 결국 천지대전은 전설의 천검신문이 개입함으로써 마도의 일패도지로 막을 내렸다.

그 당시에 어두운 곳에서 비밀스럽게 천하의 마도를 장악하여 역사상 최강으로 만들고 또 천지대전을 일으켰던 세력이 바로 마도오세다.

"알고 있습니다."

그렇게 대답하는 하여상의 목소리가 어느새 은은한 긴장으로 물들었다.

"현재 마도오세 중에 혈룡궁이 부인의 두 아드님 중 한 분을 노리고 있습니다.”

백도장의 입에서 나온 말은 그야말로 청천벽력이다.

“……!”

너무 놀란 하여상의 얼굴이 대경실색으로 새하얗게 질려 버렸다. 그녀는 한참 동안 말을 하지 못하고 백도장을 바라보기만 했다.

그녀는 생각했다. 뇌룡문의 백도장이 미치지 않고서야 백주 대낮에 낙성검가에 찾아와서 이따위 실없는 소리를 늘어놓을 리가 없다.

그렇다면 방금 백도장이 한 말은 사실이다. 그의 너무도 진중한 표정과 목소리가 그것을 증명하고 있었다.

이것은 꿈이 아닌 현실이다.

백도장이 조금 전보다 무거운 어조로 말을 이었다.

“그리고 조만간 틀림없이 마도오세 전체가 아드님을 노리게 될 것입니다.”

“마도오세 전체가…….”

조금 전까지만 해도 행복으로 가득했던 하여상의 마음이 불안함으로 거북이등처럼 쩍쩍 갈라지고 있었다.

거기까지 말하고 백도장은 굳게 입을 다물었다. 더 이상 해줄 말이 없다.

더 이상 말하는 것은 금기다. 지금도 그는 너무 많은 것을 말해준 듯해서 조금 후회를 하고 있었다.

하여상은 숨을 쉬지 못했다. 머릿속은 텅 비었고, 발밑이 꺼지면서 끝없는 나락으로 떨어지는 느낌뿐이다.

백도장이 참을성있게 기다린 끝에 하여상은 긴 한숨을 토해내며 입을 열었다.

"하아⋯⋯. 도대체 마도오세가 무엇 때문에 내 아들을 노리는 것인가요?"

"그것은 말씀드릴 수 없습니다."

조금 전 같았으면 하여상이 강하게 나갈 테지만 지금은 그럴 입장이 아니다.

그녀가 알고 있는 바로는, 큰아들 유석은 오래전부터 사용하던 가문의 청강검 한 자루를 지니고 있다.

그러므로 백도장이 새로운 검 한 자루 운운하는 것과 유석은 무관하다.

그녀는 광화현 낙성검가에서 유정이 기개세의 검을 몰래 가져와서 보여주었던 일을 생각해 냈다.

그녀가 보기에도 그 검은 예사로운 검이 아니었다. 필경 백도장이 말하는 검은 천신검일 것이다.

그리고 그가 찾아내려고 하는 사람은 기개세, 아니, 유영이 분명할 것이다. 또한 마도오세가 노리고 있는 사람도 유영이 틀림없다.

하여상은 해쓱한 얼굴로 골똘히 생각에 잠겼다. 백도장, 아니, 뇌룡문이 알아내려고 한다면 기개세가 천신검을 가졌다는 사실을 오래지 않아서 알아낼 것이다. 그러니 힘들여 감출 의미가 없다.

"당신은… 아니, 뇌룡문은 마도오세로부터 우리 아들을 지켜주려는 것인가요?"

아들의 생사가 걸린 일이라서 하여상의 목소리는 카랑카랑했다.

"그렇습니다."

"왜 지켜주려는 것이죠? 검 때문인가요?"

또한 날카로웠다.

백도장은 얼른 대답을 하지 못하다가 잠시 후 가라앉은 어조로 대답했다.

"검은 상징일 뿐입니다. 우리가 지키려는 것은 사람, 즉 아드님입니다."

"하아……."

하여상의 입에서 한숨이 새어 나왔다. 뇌룡문 같은 명문대파가 기개세를 보호해 주겠다니 일단은 안심이 된다. 그러나 염려가 근본적으로 사라진 것은 아니다.

"혹시 마도오세가 원하고 있는 것은 그 검인가요? 아니면 아들인가요?"

"아드님의 목숨입니다."

아들이냐고 물었는데, 백도장은 한 걸음 더 나아가 아들의 목숨이라고 대답했다.

백도장은 더 이상 시간을 끌어서는 안 되겠다고 생각했
다.

"부인, 지금은 촌각을 다투고 있는 상황입니다. 현재 혈룡
궁의 혈룡십마제 중에서 적마제와 옥마제가 낙양성에 들어와
있습니다. 물론 그들의 목적이 아드님의 목숨을 뺏는 것임은
두말할 필요도 없습니다."

"아아……."

하여상은 아무 말도 못하고 신음만 흘렸다. 어느새 그녀의
눈에서는 눈물이 흐르고 있었다.

"그들의 수하 한 명이 낙성검가의 문하제자로 가장하여 잠
입했다는 사실을 알아냈습니다. 그자가 무엇을 알아냈는지
는 모르지만, 만약 우리보다 먼저 그들이 아드님을 찾아낸다
면 그때는 천추의 한을 남기게 될 것입니다."

말을 하는 도중에 백도장의 언성이 조금씩 높아졌다.

하여상의 안색은 새하얗게 질렸다.

"그렇지만… 내 아이들은 대정숙에 있는데……."

낙성검가의 삼 남매가 대정숙에 입교했다는 사실은 현재
낙양성에서 가담항설(街談巷說)되고 있었다. 그러니 백도장
이 그것을 모를 리가 없다.

"대정숙은 정파입니다."

그것으로 대답은 충분했다.

하여상은 더 이상 입을 다물고 있을 수만은 없다는 결론을

내렸다. 그렇지만 다짐을 받는 것을 잊지 않았다.

"뇌룡문의 이름을 걸고 내 아들을 지켜줄 수 있나요?"

백도장은 여태까지 하여상이 보지 못했던 강인하고 엄숙한 표정을 지었다.

"내 목숨을 걸겠습니다."

*   *   *

기개세가 대정숙에 입교한 지 십일 일째 되는 늦은 오후.

"전 이모! 밥 줘!"

기개세가 마치 집에서 하는 것처럼 크게 외치면서 재당으로 들어섰다.

"유 상공!"

재당주 전봉여와 강화, 종화가 반갑게 그를 맞았다.

"배고파! 밥 줘!"

기개세는 배를 움켜잡고 힘없이 의자에 주저앉으며 또 밥 타령을 했다.

전봉여는 그가 사흘 동안 식사를 하지 않은 것을 알고 있었기에 요리를 하러 급히 주방으로 달려들어 갔다.

"아유~! 이 얼굴 수척해지신 것 좀 봐! 얼마나 생고생을 하셨기에……."

"무도계관이나 학습계관에 가신 것도 아니고, 사흘 동안

방 안에서 뭘 하느라 식사하러 안 오셨어요?"

그동안 많이 친해진 강화와 종화가 기개세 양옆에 앉아서 걱정을 늘어놓았다.

"생도가 공부하고 무공 연마하지 뭐 했겠어? 아이고, 죽겠다! 온몸이 안 아픈 곳이 없네. 아구구⋯⋯."

그는 죽어가는 소리를 내며 종화의 허벅지를 베고 누웠다.

"저희가 주물러 드릴게요."

신분에 구애없이 자신들을 인간적으로 대해주는 기개세에게 그녀들은 뭐라도 해주고 싶어서 안달이다.

종화는 자신의 허벅지를 베고 누운 기개세의 어깨와 팔을 주무르고, 강화는 그의 다리를 자신의 허벅지에 얹고는 다리를 주물렀다.

"드르렁! 쿨⋯⋯."

그러자 기개세는 채 다섯을 세기도 전에 벼락같이 코를 골며 잠이 들어버렸다.

하지만 강화와 종화는 주무르는 것을 멈추지 않았다. 대신 그가 잠이 깨지 않도록 살살 주물렀다.

이각 후에 전봉여가 부랴부랴 요리를 갖고 나올 때까지도 기개세는 세상모르게 자고 있었다.

전봉여는 식사보다는 자는 것이 더 낫겠다 싶어서 깨우지 않고 요리를 가만히 탁자에 내려놓았다.

"햐아! 맛있는 냄새……!"

그랬더니 기개세가 침을 흘리면서 벌떡 일어나 요리 그릇
에 코를 박고 허겁지겁 먹기 시작했다.

전봉여와 강화, 종화는 놀랐다가 곧 흐뭇한 미소를 지으며
바라보았다.

그녀들은 마치 자신의 아들이나 남동생이 맛있게 먹는 것
을 지켜보는 듯한 표정을 짓고 있었다.

배불리 실컷 먹은 기개세는 자신의 방으로 돌아왔다.

계생전 이층은 쥐 죽은 듯이 조용했다.

모두들 무도계관에서 무공 연마에 전념하거나 학습계관에
서 학습에 열중하고, 또는 각자의 방에서 학습에 몰두하고 있
기 때문일 것이다.

기개세는 대정숙에 입교한 지 이틀도 지나기 전에 어째서
대정생도들이 거처 밖으로 나오지 않는 것인지 이유를 알게
되었다.

무공 연마와 학습 이외의 것을 할 시간이 아깝기 때문이
다.

다른 사람을 볼 것 없이 기개세 자신만 해도 그렇다.

그는 대정숙 입교 다음날에 무도계관에서 낙성북두검법에
대해서 배웠다.

그다음에는 학습계관으로 가서 승급시험을 치를 적당한

과목을 선택했으며, 그가 고른 책자는 구경(九經) 중 주역(周易)이었다.

학습계관도 무도계관과 비슷한 방식이라서, 자신이 선택한 책자에 대해서 이층으로 올라가 정교반사에게 강론을 듣는다. 물론 원하지 않는 사람은 듣지 않아도 된다.

기개세는 특히 학문에 취약하기 때문에 처음에는 기초적인 지식에 대해서 설명을 들어야 한다.

결국 그가 계생전으로 돌아온 것은 초저녁이 되었을 무렵이다.

그런데 돌아와 보니까 계생전 이층에는 아무도 없었다. 모두 무도계관과 학습계관에서 비지땀을 흘리고 있는 중이었다.

그렇지만 기개세는 북두검법과 주역에 대해서만큼은 정교반사들에게 더 이상 배울 것이 없었다.

그들에게 듣고 배운 기초 지식만 있으면 나머지는 자기 혼자서도 충분히 터득할 수 있다고 생각했기 때문이다.

그래서 지난 열흘 동안 자신의 방에 틀어박혀서 매두몰신 검법 연마와 학습에만 전념했었다.

그러다 보면 식사를 건너뛰기 일쑤고 잠은 하루에 한두 시진 자거나 아니면 날밤을 새우는 것이 다반사였다.

그는 자신이 무공과 학습에 이토록 미친 듯이 파고들 것이라고는 예상하지 못했었다.

낙성검가에서도 열심히 했었으나 이 정도까지는 아니었
다.
그가 이 정도인데 하물며 다른 사람들은 어떻겠는가.
혹시나 싶어서 그는 소옥군의 방을 열어보았지만 역시나
그녀의 모습은 보이지 않았다.
탁!
방에 들어와 방문을 닫고 하품을 하면서 실내를 둘러보다
가 탁자 위에 절대신검이 놓여 있는 것을 발견했다.
아까 북두검법을 연마하고 나서 그냥 탁자 위에 놓아두었
던 모양이다.
절대신검을 한시도 몸에서 떼어놓지 않겠다고 다짐을 했
었는데 너무 배가 고프고 지쳐서 정신이 없었던 것 같다.
그는 절대신검을 어깨에 메고 나서 탁자 옆에 한동안 우두
커니 서 있었다.
식사를 하고 나면 실컷 잠이나 자야겠다고 생각했는데 잠
이 오지 않았다.
열흘 동안 전력을 다했더니 북두검법은 육성(六成)까지 터
득했으며, 해석을 하는 것이 너무 재미있어서 파고들다 보니
주역은 완전히 통달해 버렸다.
며칠 더 하면 북두검법을 완벽하게 십성까지 익힐 수 있을
것 같은 생각이 들었지만, 열흘 내내 그것만 붙잡고 있었더니
은근히 지겨워져서 나중에 할 생각이었다.

기개세와 유석, 유정에게 북두검법을 가르친 계반구는 이 년 동안 전력을 다한 결과 사성 정도의 진전을 보았을 뿐인데, 기개세는 불과 열흘 만에 육성의 진전을 이루었으니 실로 놀라운 일이 아닐 수 없었다.

그렇지만 어찌 생각을 해보면 당연한 결과일 수도 있다.

계반구는 무공을 연마할 신체적인 조건이나 두뇌적인 자질이 평범한 사람보다 조금 나은 수준이다.

하지만 기개세는 계반구와 비교조차 할 수 없을 정도로 특출한 존재다.

신체적인 자질은 물론이고 두뇌 역시 만고에 다시없을 경천동지할 수준이다.

오죽하면 삼백여 년 전의 인물인 독고성이 점성술로써 자신의 제자로 기개세를 지목했을 정도였겠는가.

그것은 기개세가 '하늘이 내린 불세출의 천재' 라는 뜻이다.

계반구는 북두검법의 일초칠변을 전개하고 그중에 일변을 공격이나 방어로 전환할 수 있으면 승급시험에서 통과할 수 있다고 말했었다.

그렇다면 북두검법 일초칠변을 전개하는 것은 물론이고, 칠 변 중에 사 변을 공격이나 방어로 전환할 실력을 갖춘 기개세는 지금 당장 승급시험을 봐도 통과할 수 있을 것이었다.

하지만 승급시험은 매월 말일에 있기 때문에 아직 이십여 일이나 남아 있다.

그래도 기개세는 조바심을 내지 않고 느긋하다. 서둘러서 승급시험을 보고, 그래서 하루빨리 대정숙을 수료할 생각이 전혀 없는 것이다.

이유는 단순하다. 자신의 여자로 점찍어놓은 소옥군을 혼자 놔둘 수 없고, 또 유석과 유정을 수료할 때까지 책임져야 하기 때문이다.

소옥군을 혼자 놔두면 그 예쁜 것을 어느 놈이 채갈는지 모르고, 유석과 유정을 내버려 두면 제대로 수료를 할 수 있을지 염려가 앞선다.

원래 기개세는 무창성을 떠나면 자신의 인생이 그것으로 끝장나는 줄 알고 있었다.

자신의 삶의 터전이 무창성이고, 그곳에 재미있는 것들이 죄다 모여 있어서 거길 떠나면 도저히 살아갈 수 없을 것 같았던 것이다.

그것이 바로 그의 경험 부족이다. 그는 자잘한 경험은 많지만 굵직굵직한 경험이 전무한 편이었다.

무창성을 떠난 이후 낙성검가에서의 생활은 괜찮았었다.

아니, 괜찮은 정도가 아니다. 낙성검가에서의 한 달 남짓한 생활은 거의 건달이나 다름이 없었던 그를 무인(武人)의 세계로 이끌어주는 전환점이 되어주었다.

그리고 또 한 가지 중요한 것. 새로운 사람들을 만나고 또 사귀게 되었다.

그중에는 소중한 사람들도 있었다. 새로 얻은 엄마 하여상과 형과 누이동생인 유석, 유정.

그리고 지금은 '인생의 목표'가 돼버린 소옥군.

또한 진운상과 우연의 만남도 즐겁다. 그들과의 만남도 소홀하게 하지 않을 생각이다.

마지막으로 손진과의 재회.

그녀와는 서로 오해로 얽힌 인연이었다. 그리고 다시 만나면 죽이겠다고 두 사람 다 이를 갈면서 맹세를 했었다.

그렇지만 막상 다시 만나고 보니까 손진은 좋은 아이였다. 그녀 역시 지금은 기개세를 무척 따르고 있으며, 기개세도 그녀가 싫지 않다.

이렇듯이 사람의 만남이란 참으로 신기하고 희한한 것이다.

무창성의 건달이나 다름없었던 기개세가 낙성검가를 거쳐서 이곳 대정숙까지 흘러오게 되었다.

이곳에는 그의 호기심을 자극하는 무궁무진한 요소들이 산재해 있다.

특히 배운다는 것이 너무 좋다. 전혀 모르고 있던 것들을 알게 된다는 것. 그런 배움과 깨달음이 즐거운 일이라는 것은 하여상과 유석, 유정이 가르쳐 주었다.

이곳에서 소옥군과 유석, 유정, 진운상, 손진, 우연 등과 함께하는 새로운 생활은 무창성에서의 생활보다 더 흥미진진할 것 같다는 기대를 안고 있다.

지금쯤 유석과 유정은 계반구에게 북두검법의 기초를 배우느라 여념이 없을 것이다.

기개세가 자신이 터득한 것을 그들에게 가르쳐 주고 싶어도 지금은 그럴 수가 없다.

기초가 부족하기 때문이다. 최소한 동작이라도 제대로 하게 되면 그때 가르쳐 줄 생각이다.

그는 방금 절대신검을 어깨에 메다가 불현듯 사부 독고성이 생각나서 우두커니 서 있는 중이었다.

처음에는 사부가 보고 싶었고, 그다음에는 사부의 내단이 생각나더니, 이제는 그것을 녹이고 싶다는 생각이 들었다.

'좋아. 천궁신결을 익혀보자.'

천궁신결만이 내단을 녹일 수 있을 것이라고 이미 오래전에 생각했었다.

천궁신결의 구결은 하여상이 우여곡절 끝에 대충 해석해주었으니까 운공조식을 하는 것은 어렵지 않을 듯했다.

거기까지 생각한 그는 한쪽으로 걸어갔다.

그곳은 그가 가구를 치워서 가로 이 장, 세로 일 장 반 공간의 개인 연공실을 만들어놓았다. 그곳에서 지난 열흘 동안 북두검법을 연마했던 것이다.

　그는 바닥에 가부좌의 자세로 앉아 상체를 꼿꼿하게 세우고 천궁신결의 첫 구결을 떠올렸다.

第三十三章

악동(惡童)

대사부

소랑은 속이 바짝바짝 타서 미칠 지경이었다.

기개세가 대정숙에 입교한 지 벌써 십일 일째인데 그의 곁으로 가기는커녕 대정숙 담을 넘어 안쪽으로 십 장 정도도 나아가지 못하고 있었다.

대정숙의 경계가 상상했던 것 이상으로 철통같았기 때문이다.

만약 소랑이 사부 요미선의 절학인 요선비절을 팔성 이상 수준으로 연마했다면 설사 대정숙이라고 해도 그녀를 막지 못할 것이다.

그러나 현재 그녀는 요선비절을 오 할 정도밖에 연마하지 못한 상태다.

그래도 그 정도면 대정숙 정도는 제집처럼 드나들 수 있을 것이라고 예상했었는데 막상 닥쳐 보니까 그것은 철저한 오산이었다.

그녀는 자신이 알고 있는 잠행술과 은둔술을 총동원하여 십여 차례 대정숙에 잠입했었으나 담을 넘어서 십여 장도 나아가지 못하고 되돌아 나와야만 했다.

요선비절은 요계의 최고 무공들만 집대성되었다. 그것을 완벽하게 익히면 한줄기 바람이 되고, 어둠이 되며, 귀신처럼 행동할 수가 있다.

요선비절 중에는 투공잠행(透空潛行)이라는 것이 있다. 그것을 익히면 말 그대로 보이지 않는 상태로 허공을 통과하여 어디든 갈 수가 있다.

현재 소랑은 투공잠행을 육성까지 익힌 상태다. 그것을 최소한 팔성 이상 연마해야지만 대정숙 내를 마음대로 활보할 수 있을 것이다.

그래서 지금 그녀는 투공잠행을 연마하고 있는 중이다.

처음 며칠 동안 어떻게든 대정숙에 잠입하려고 발버둥을 쳤던 것이 지금은 너무나 아까웠다.

차라리 그 시간에 투공잠행을 연마할 것을 쓸데없이 시간을 낭비했다는 생각 때문이다.

그녀는 낙양성 밖 관도 변의 어느 허름한 객잔에 방을 하나

잡아놓고 미친 듯이 투공잠행 연마에만 몰두하고 있었다.

완성되지 않은 투공잠행으로 섣불리 대정숙에 잠입했다가 자칫 발각이라도 되는 날에는 만사 끝장이다.

투공잠행을 연마하는 중에 그녀를 가장 괴롭히고 있는 것은 조급함도, 나태함도 아니다.

기개세에 대한 깊은 그리움, 그것이었다.

그녀는 태어나서부터 열 살 때까지 기개세와 친남매 이상으로 가깝게 지냈었다.

목욕도 함께하고 잠도 같이 잤으며, 모든 것을 기개세와 함께했었다. 그만큼 친하고 허물없다는 것이다.

그러다가 열 살 때 덜컥 요미선의 제자로 발탁이 되어 장장 육 년 동안이나 기개세와 떨어진 상태에서 무공에만 전념했었다.

그 육 년 동안 그녀를 가장 괴롭힌 것은 기개세에 대한 끝없는 그리움과 그를 잃었다는 상실감, 허전함이었다.

그것을 극복하려고 그녀는 처절하게 몸부림쳐야만 했었다.

그래서 거의 극복했다고 생각했는데, 사부 요미선이 기개세의 대정숙행을 호위하라고 명령을 내린 것이다.

결국 기개세를 다시 만나 그를 측근에서 호위하는 사이에 그녀가 육 년 동안 극복했던 것들이 다시 활활 되살아나 버리고 말았다.

그런데 그것들은 예전에 그녀가 극복하려고 했던 것보다
더욱 강렬해졌다.

육 년이란 세월은 기개세에 대한 감정을 잊게 해준 것이 아
니라 오히려 몇 배로 더 키워놓았던 것이다.

소랑이 기개세에게 느끼는 감정은 남녀 사이의 그런 것하
고는 다르다.

그녀는 기개세를 자신의 분신(分身)처럼 여기고 있었다.

분신과 함께 있지 못하는 상실감과 초조함, 불안감 등이 그
녀를 괴롭히고 있는 것이다.

*　　　*　　　*

'해냈다!'

기개세는 번쩍 눈을 뜨며 속으로 기쁨의 탄성을 터뜨렸
다.

처음에 그는 하여상이 해석을 해준 대로 천궁신결의 구결
을 따라서 운공조식을 시도했었다.

그런데 막상 운공조식을 하려니까 하여상이 해석해 준 구
결이 크게 미비하다는 사실을 깨닫게 되었다.

하여상의 해석은 오 할 정도에 불과했다. 하지만 기개세는
포기하지 않았다.

오 할의 해석을 토대로 나머지 오 할을 풀이하려고 기를 쓰

고 매달렸다.

수십 차례 실패를 거듭했으나 그럴수록 더욱 악착같이 매달렸다.

천궁신결이 어려우면 어려울수록 기필코 해내고 말겠다는 그의 호승심이 더욱 자극됐다.

또한 지금이 아니면 천궁신결에 도전해 볼 기회가 쉽사리 찾아오지 않을 것이라는 생각도 그를 부추겼다.

그 결과 방금 그는 정말로 어렵게 천궁신결로 최초의 운공조식을 성공적으로 마쳤다.

아니, 운공조식을 했으니 천궁신결은 천궁신공(天窮神功)으로 바꿔 불러야 할 것이다. 다만 그 사실을 기개세가 모르고 있을 뿐이다.

'후후… 해내겠다고 했었지?

그는 스스로도 기특하다는 생각이 들어 흡족한 미소를 지으며 고개를 들었다.

그러다가 창밖이 부옇게 밝은 것을 발견하고 가볍게 표정이 변했다.

'이런… 또 밤을 꼬박 새웠군.'

초저녁에 시작했는데 단 한 차례의 운공조식을 하느라 십이 일째의 밤도 하얗게 지새우고 말았다.

기개세는 무도계관 쪽으로 걸어가고 있는 중이다.

천궁신공을 세 차례 더 운공조식한 후에 한숨 푹 자고 나니까 정오가 조금 지난 시각이 되었다.

재당으로 가서 전봉여가 만들어준 맛있는 요리를 배가 터지도록 먹으면서 입이 아플 정도로 세 여자와 실컷 수다를 떨었다.

화젯거리는 주로 대정숙 밖에 있는 전봉여의 자식들 얘기와 혼기가 찬 강화, 종화의 남편감에 대한 것들이었다.

지금 기개세가 무도계관 쪽으로 가고 있는 이유는, 순전히 심심해서다.

그래서 뭔가 새로운 무공이나 책자를 구해서 읽어볼까 하는 생각을 했다.

특히 학문에 대한 공부를 좀 더 하고 싶었다. 그럴 만한 이유가 있었다. 학문이 짧아서 천궁신결을 해석하지 못해 쩔쩔 맸던 것 때문이다.

앞으로 천검신문의 절학들을 다 익히려면 구결들을 이해해야 하고 그때마다 난관에 부딪치지 않으려면 학식을 쌓아둘 필요가 있었다.

현재 다른 대정생도들은 자신이 선택한 무공과 과목을 연마하느라 제정신이 아닐 정도로 바쁜데, 기개세는 먹이를 찾아 헤매는 맹수처럼 새로운 흥밋거리를 찾아서 어슬렁거리고 있는 것이다.

그때 열 채의 무도관과 열 채의 학습관이 있는, 대정생도들이 무학령(武學嶺)이라고 부르는 언덕 위쪽에서 일남일녀가 나란히 계단을 내려오고 있는 것이 보였다.

두 사람 다 왼쪽 가슴에 선명하게 '갑(甲)' 이라고 수놓아진 백의를 입고 있는 것으로 미루어 대정십등의 최고급인 갑생도가 분명했다.

참고로 기개세는 계생도를 나타내는 청의를 입었으며 왼쪽 가슴에는 '계(癸)' 라는 글이 수놓아져 있었다.

한 등급이라도 위의 선배와 마주치면 공읍을 하는 것이 대정숙의 규칙이다.

일남일녀가 가까이 다가오자 기개세는 계단 옆으로 비켜서며 공읍의 예를 취했다.

그런데 일남일녀는 그냥 지나가지 않고 기개세 앞에 걸음을 멈추었다.

"자네가 계생도 유영인가?"

두 사람 중에 기개세보다 약간 작은 키에 쏘는 듯이 날카로운 눈매, 젊은 나이인데도 희끗희끗한 흰 머리카락이 섞인 이십이삼 세가량의 청년이 나직한 어조로 물었다.

기개세는 낙성검가에서 하여상에게 한 달여 동안 예절 교육을 받았고, 이곳이 아무리 대정숙이라고 하지만 생면부지의 사람이 대뜸 반말을 해오는 것에는 익숙하지가 않다.

"그런데?"

그래서 나가는 말이 고울 리가 없다.

당연히 청년은 슬쩍 눈살을 찌푸렸다. 하지만 십칠팔 세 정도로 보이는 눈썹이 초승달처럼 예쁜 소녀는 원래 냉정한 듯 표정이 변하지 않았다.

청년은 불편한 심기를 가라앉히려는 듯 잠시 침묵을 지켰다가 차분하게 입을 열었다.

"자네를 만나러 가는 길인데 잘됐군."

기개세는 바보가 아니다. 자신의 대꾸에 청년이 불쾌한 표정을 짓는 것을 보고 구태여 뻣뻣하게 나가서 문젯거리를 만들 필요가 없다는 생각이 들었다.

"나는 갑생도 장운몽(張雲夢)이고, 이쪽은 같은 갑생도인 원소련(元素蓮)이라고 하네."

"그렇습니까? 그런데 제게 무슨 볼일이 있으십니까?"

기개세가 방금 전하고는 달리 정중한 목소리로 예의를 갖추자 청년 장운몽은 조금 깔려 있던 불쾌한 기색을 깨끗이 지워 버렸다.

"자넨 대정숙에 오청반이 있다는 사실을 알고 있겠지?"

대정숙 밖 무림에서도 잘 알려져 있는 유명한 오청반에 대해서 대정생도가 모를 리 없다.

"알고 있습니다."

기개세는 이들 두 사람이 대정숙 내의 최대, 최고 파벌인 오청반 중의 한 파벌에 속했을 것이라고 짐작했고, 그의 짐작은 맞았다.

“우린 오청반 중에서 팔세영웅(八勢英雄)에 속해 있네.”

“그렇군요.”

팔세영웅은 무림팔대세가의 자식들이 주축이 되어 결성한 파벌이다.

기개세는 조금 지겹다는 생각이 들기 시작하여 건성으로 고개를 끄덕였다.

장운몽은 엄숙한 표정을 지었다.

“팔세영웅에서는 자네를 새 식구로 받아들이기로 결정을 내렸네.”

예상하지 못했던 말에 기개세는 뜻밖이라는 표정을 지었다.

“저를 말입니까?”

그런데 자기들 마음대로 기개세 자신에 대해서 결정을 내렸다는 사실에 조금 고까운 생각이 들었다.

원래 오청반에 가입하려면 아래에서 네 등급 위인 경생도(庚生徒)가 되어야만 한다.

이따금 예외가 있지만 그럴 경우에는 영입하려는 대상이 특별한 경우여야 한다.

지금처럼 영입 대상이 만점자일 경우에는 최하급인 계생도라고 해도 오청반에서 손을 뻗친다.

대정숙 백오십칠 년 역사 동안 불과 이십팔 명뿐이었던 만점자를 보유하는 파벌은 여러 면에서 다른 파벌들보다 유리한 상황이 될 수 있기 때문이다.

"하지만 저는 팔대세가 출신이 아닙니다."

장운몽은 그런 말을 할 줄 알았다는 듯 짐짓 자비로운 미소를 지어 보였다.

"나는 지금 자네에게 일생일대의 절호의 기회를 주겠다고 말하는 것일세. 팔대세가 출신이 아닌 자네가 팔세영웅에 가입한다면 장차 자네의 앞날이나 낙성검가의 부흥에 크게 기여하게 될 걸세."

그의 말은 감언이설이 아니라 사실이었다.

대정숙을 수료하고 나면 누구나 대정고수가 되지만, 대정숙에서도 오청반에 속해 있었다고 하면 대정고수보다 더 월등한 존경과 명성을 보장받는다.

모든 무림인들의 부러움과 존경을 한 몸에 받으면서 대정고수들은 방, 문파를 이끌거나 천하 각 지역에서 지도적인 역할을 담당하고 있다.

즉, 소수의 대정고수들이 정파 전체를 이끌고 있는 것이다.

그것이 가능한 이유는, 대정숙 수료 후에도 대정고수들이 강한 연대감으로 서로가 이어져 있기 때문이다.

정파 전체에서 대정고수가 소수라면, 대정고수이면서 오청반 출신은 극소수라고 할 수 있다.

또한 대정고수의 미래가 탄탄대로라고 한다면, 대정고수

이면서 오청반 출신의 미래는 이미 정해져 있다.

정파무림 각 방면의 지도자로.

지금 장운몽은 그런 확고부동한 미래를 기개세에게 제안하고 있는 것이다.

"팔세영웅에 가입하겠나?"

그는 이미 대답을 들은 것이나 다름이 없다는 듯한 표정을 지으면서 물었다.

그러자 기개세는 허공의 한 점을 비스듬히 응시했다. 그것은 마치 생각에 잠긴 듯한 모습이었다.

그걸 보고 장운몽은 '어? 이 녀석이?' 라는 뜻밖이라는 표정을 지었다.

이런 파격적인 제의라면 생각하고 자시고 할 것이 없기 때문이다.

더구나 명문가의 허울만 남은 유명무실한 낙성검가 출신에게 이런 제안을 하면 웬 떡이냐, 하면서 덥석 물어야 하는 것이다.

물론 제이십팔대 만점자라면 오청반의 누구라도 군침을 흘릴 것이다.

그러나 아무리 만점자라고 해도 오청반에서 기개세를 영입할 파벌은 제한되어 있었다.

오청반 파벌 중 하나인 임당아화는 구대문파의 소림사와 무당파, 아미파, 화산파의 속가제자들로 구성되어 있었다.

　그리고 구대문파의 나머지 다섯 문파인 청성파와 곤륜파, 종남파, 점창파, 공동파 속가제자들로 구성된 청륜남창공(靑崙南蒼崆)이 있다.

　이들 두 파벌 임당아화와 청륜남창공은 아주 특별한 경우를 제외하곤 구대문파 속가제자만이 가입할 수가 있다.

　오청반 다섯 개 중에서 임당아화와 청륜남창공, 그리고 팔세영웅 세 파벌이 가장 영향력과 세력이 크며 서로 각축을 벌이고 있는 중이었다.

　나머지 두 파벌 중 하나는 구대문파에 속하지는 않지만 그들에 버금가는 세력을 지닌 나부파(羅浮派)와 해남도(海南島), 사천당문(四川唐門) 등이 주축이 된 천중천추(天中千秋)가 있다.

　그리고 마지막 파벌은 과거에 무림오대세가(武林五大世家)로 쟁쟁한 명성을 날리다가 팔대세가에게 그 자리를 내어준 후 쇠락하고 있는 남궁세가(南宮世家), 섬서팽가(陝西彭家), 황보세가(皇甫世家), 제갈세가(諸葛世家), 모용세가(慕容世家) 등이 주축으로 이루어진 오대군림(五大君臨)이다.

　그러나 천중천추와 오대군림은 다른 세 파벌에 비해 여러 면에서 현저히 열세다.

　그러므로 장운몽은 기개세가 천중천추와 오대군림에 가입할 생각은 하지 않을 것이라고 미리 예상하여 두 파벌은 일찌감치 제쳐 놓았다.

그럼 남는 것은 임당아화와 청룡남창공, 팔세영웅인데 구대문파와 아무런 연관이 없는 기개세는 임당아화와 청룡남창공에는 가입할 수가 없다.

결국 기개세는 팔세영웅밖에는 가입할 곳이 없다는 뜻이다.

그런데도 기개세가 생각에 잠긴 듯한 모습을 보이자 장운몽은 조금 어이없다는 표정을 지었다.

대정생도 모두들 오청반에 가입하려고 안달인데 기개세는 팔세영웅에서 먼저 손을 뻗쳤는데도 기뻐하기는커녕 시큰둥한 반응인 것이다.

여태까지 가만히 있던 원소련도 이번에는 살짝 아미를 찌푸리며 기개세를 바라보았다.

그런데 그때 기개세가 갑자기 빙그레 미소를 머금었다.

장운몽과 원소련은 의아한 표정을 지었다.

그러다가 기개세가 갑자기 계단 위를 향해 손을 흔드는 것을 보고 재빨리 위쪽을 쳐다보았다.

그리고는 계단 위에서 절세미녀 한 명이 사붓사붓 걸어서 내려오는 것을 발견했다.

그녀는 무도계관을 다녀오던 소옥군이었다.

순간 장운몽과 원소련은 한 가지 사실을 깨달았다. 기개세는 허공을 보면서 생각에 잠겨 있던 것이 아니라 계단 뒤에서 내려오고 있는 절세미녀를 바라보고 있었다는 사실을.

“······!”

그때 장운몽은 물론 여자인 원소련마저도 소옥군의 뭐라고 설명할 수 없는 아름다움에 한순간 넋을 잃고 망연자실한 얼굴로 바라보기만 했다.

소옥군을 처음 보는 모든 사람들이 그렇듯이, 이들 역시 그녀가 사람이 아니라 천상에서 잠시 하강한 선녀일 것이라고 착각하는 듯했다.

가까이 다가온 소옥군은 장운몽과 원소련을 향해 후배로서의 예의, 즉 공읍을 해 보였다.

그런데도 두 사람은 너무 놀란 나머지 아무런 반응도 하지 않고 그녀를 쳐다보기만 했다.

“뭘 하고 있어요?”

소옥군이 기개세를 보면서 방그레 미소 지으며 천상의 옥음을 발하자 두 사람은 아예 그녀의 미모에 눈이 멀고 목소리에 귀가 먼 듯한 상태가 되었다.

기개세는 가볍게 고개를 끄덕이며 미소로 답했다.

“응, 이분들 말을 듣고 있었어.”

소옥군이 기개세와 같은 계단에 나란히 서자 그녀의 어깨가 기개세의 팔에 닿았다.

“무슨······.”

“나더러 오청반의 팔세영웅에 가입하라는군.”

별로 내키지 않는다는 목소리다.

"아……."

그러나 소옥군은 나직한 탄성을 흘릴 뿐 아무 말도 하지 않았다.

역시 장운몽보다는 여자인 원소련이 먼저 정신을 차렸다. 그녀는 팔꿈치로 장운몽의 옆구리를 슬쩍 건드렸다.

그제야 장운몽은 부스스 반쯤 정신을 차리면서 눈앞의 절세미녀가 누군지 기억해 냈다.

천하의 양대 절세미녀라고 일컫는 강남천궁과 강북천봉 중에 강남천궁 천궁선 소옥군이 이번에 대정생도로 입교했다는 소문은 이미 대정숙 내에 파다하게 퍼져 있었다.

장운몽과 원소련은 소옥군을 한 번도 본 적이 없지만 그녀가 강남천궁이 틀림없다고 확신했다.

만점자 때문에 빛이 바래기는 했지만, 원래는 차점자도 일이 년에 한 명 나올까 말까 할 정도로 우수한 재원인 것이다.

이번 시험의 차점자는 소옥군과 진운상, 선우현이다.

세 사람 중에서 진운상은 소림사 속가제자이니까 당연히 임당아화에서 영입할 것이다.

그리고 선우현은 팔대세가 중 하나인 산동성 무영문 출신이므로 팔세영웅에 가입하는 것은 두말하면 잔소리다.

문제는 만점자인 기개세와 또 한 명의 차점자인 소옥군인데, 두 사람을 팔세영웅으로 영입한다면 이번 시험의 만점자와 차점자 네 명 중에서 대거 세 명이나 영입하는 것이니, 팔세영웅의 진가가 하늘을 찌르게 될 터이다.

어느 정도 정신을 수습한 장운몽은 자신이 보인 추태 때문에 얼굴을 붉히면서 조금 전에 기개세에게 했던 설명을 소옥군에게 똑같이 해주었다.

"어떻소? 가입하겠소?"

비록 소옥군이 까마득한 후배지만 장운몽은 함부로 반말을 하지 못했다. 원래 남자란 미인에겐 약한 법이다.

장운몽과 원소련은 기개세와 마찬가지로 소옥군 역시 팔세영웅에 가입하지 않을 이유가 없다고 낙관하고 있었다.

그때 소옥군이 기개세를 바라보며 꽃잎 같은 입술을 나풀거렸다.

"당신은 어떻게 하기로 했어요?"

기개세는 팔짱을 낀 채 태연히 대답했다.

"아직 대답하지 않았어."

"어떻게 할 건가요?"

기개세는 고개를 살짝 모로 꼬며 조금 귀찮은 듯한 표정을 지었다.

"오청반 따위에 가입하면 귀찮아지지 않겠어? 시간도 많이 뺏기고 자유롭지도 못할 거야."

"오… 오청반 따위라고?"

장운몽은 입에서 거품이 뿜어지는 듯한 표정을 지었고, 원소련도 눈을 커다랗게 뜨며 놀란 표정을 지었다.

그런 그들을 보며 기개세는 딱 부러지게 대답했다.

"역시 가입하지 않겠습니다."

그러자 소옥군도 방그레 미소 지으며 따라서 말했다.

"소녀도 가입하지 않겠어요."

다른 사람들은 오청반이라면 껌뻑 죽을지 몰라도, 원래 그녀는 오청반 같은 것에 큰 의미를 두고 있지 않았다.

그런데 현재 자신이 대정숙 내에서 가장 가까운 사람 중의 한 명이라고 할 수 있는 기개세가 오청반에 가입하지 않겠다고 하자 그녀도 원래의 입장을 고수한 것이다.

기개세는 멍한 얼굴의 장운몽과 원소련을 놔두고 계단을 올라갔다.

소옥군은 얼른 그를 따르면서 물었다.

"어디 가요?"

그녀의 그런 모습은 쇠망치로 뒤통수를 한 대씩 얻어맞은 듯한 충격을 받은 장운몽과 원소련의 앞이마에도 쇠망치를 가격하는 듯한 충격을 더해주었다.

"뭔가 더 연마할 무공이나 학문이 없을까 해서 무도계관과 학습계관을 좀 둘러보려고."

기개세는 보송보송한 솜털이 자란 소옥군의 귀밑머리를 보면서 미소로 대답했다.

장운몽과 원소련은 다정하게 계단을 올라가는 두 사람을

망연히 바라보기만 할 뿐 이런 상황에서는 어떻게 해야 할지 대책이 서지 않았다. 이런 일이 벌어지리라곤 예상을 못했기 때문이다.

"마침 잘됐다. 내가 읽을 만한 책을 군아 네가 골라주지 않겠어?"

"어떤 종류의 책이죠?"

"헤헤… 내가 학문이 좀 짧거든? 그러니까 학식을 쌓을 수 있는 책이면 돼."

"알았어요. 골라줄게요."

툭툭.

"에구구… 이쁜 내 마누라……!"

다음 순간 장운몽과 원소련은 소옥군의 엉덩이를 두드리던 기개세가 구슬픈 비명을 지르면서 일직선을 그으며 허공으로 날아가는 광경을 보았다.

"아아악!"

기개세는 소옥군이 골라준 한비자(韓非子)에 푹 빠졌다.

한비자는 춘추전국시대의 법가(法家)인데 국가를 통치하는 방법이나 부국강병(富國强兵)에 대한 대가(大家)로서 무려 오십오 권의 책을 남겼다.

기개세는 학습계관에서 한비자 오십오 권을 모조리 자신의 방으로 가져와 또다시 식음을 전폐하고 깊은 독서삼매에 빠져 있는 중이다. .

그와 함께 있는 사람들은 새로운 사실을 알게 되었다. 그가 무엇에 심취해 있을 때에는 전혀 다른 사람이 된다는 사실이다.

다른 사람이나마나 그가 방에 틀어박혀 있어서 아예 얼굴조차 볼 수가 없었다.

소옥군은 검법 연마가 제대로 되지 않았다. 기개세가 통 식사를 하러 나오지 않기 때문이다.

재당주와 강화, 종화의 입을 통해서 기개세가 대정숙에 입교한 이후 거의 식사를 하지 않았다는 말을 듣고서는 더 걱정이 돼서 검법을 연마하기가 어려울 지경이 되었다.

그녀는 자신이 어째서 기개세를 걱정하는 것인지에 대해서 잠시 생각했다.

그러나 그 생각은 길지 않았다. 기개세에게 밥을 먹여야겠다는 생각이 앞섰기 때문이다.

'그 사람이라서가 아냐. 다른 사람이 굶고 있어도 지금처럼 걱정했을 거야.'

소옥군은 그렇게 자신의 마음을 정리했다. 진운상이나 유석, 유정 등이 밥을 굶고 있어도 걱정해서 밥을 먹이려고 했을 것이라고 말이다.

"유 소협."

소옥군이 기개세의 방문 앞에서 조용히 불렀으나 방 안에 서는 아무런 반응이 없다.

"유 소협."

이곳에 자신과 기개세뿐이라는 사실을 깨닫고는 조금 더 큰 소리로 불러도 대답이 없기는 마찬가지였다.

그녀는 평생 큰 소리를 질러본 적이 없다. 그것은 그녀의 차분한 성격 때문이다.

척!

결국 소옥군은 조심스럽게 방문을 열고는 안으로 걸음을 옮기며 실내를 살폈다.

그런데 기개세의 모습이 어디에서도 보이지 않았다.

'이상하네? 방에 있을 텐데⋯⋯.'

조금 안쪽으로 걸어 들어가던 그녀는 침상에 가려진 오른쪽 벽 아래에 기개세가 책상다리로 앉아 있는 모습을 발견했다.

그런데 그의 주변에는 수십 권의 책자가 어지럽게 흩어져 있는 상태인데, 그는 고개를 푹 숙인 자세로 꼼짝도 하지 않고 있었다.

"아⋯⋯."

그래서 불길한 상상을 한 소옥군의 입에서 자신도 모르게 나직한 탄성이 새어 나왔다.

그가 저 자세로 책을 읽다가 혹시 무슨 일을 당했을지도 모른다는 생각이 든 것이다.

"유 소협."

기개세를 부르면서 가까이 다가가는 그녀의 목소리가 가늘게 떨렸다.

그래도 대답이 없자 그녀는 더욱 가깝게 다가가서 그의 어깨를 살짝 건드렸다.

"유 소협."

그때 죽은 것처럼 꼼짝도 하지 않던 기개세가 천천히 고개를 옆으로 돌려 그녀를 쳐다보았다.

"누구야……?"

형클어진 머리카락에 눈은 퀭하게 들어갔으며, 눈 주위가 거뭇거뭇했고, 양 뺨도 움푹 꺼졌으며, 입술은 파리하고 까칠한 모습이었다.

"앗!"

순간 소옥군은 너무 놀라서 뾰족한 비명을 지르고는 그 자리에 엉덩방아를 찧으며 털썩 주저앉고 말았다.

기개세의 모습이 방금 무덤에서 기어나왔다고 해도 조금도 이상할 것 같지 않았기에 그녀가 기함을 하는 것도 무리가 아니다.

"어? 군아, 언제 들어왔어?"

기개세는 눈을 껌뻑거리면서 오히려 놀란 표정으로 그녀를·부축하려고 몸을 일으켰다.

"에구구… 힘없어."

풀썩!

그러다가 그대로 앞으로 엎어졌다.

"도대체 얼마나 잠을 자지 않고 굶은 거예요?"

소옥군은 앉은 채 다가가서 바닥에 얼굴을 묻고 있는 그를 부축해서 머리를 자신의 무릎에 얹었다.

"몰라. 그때 군아가 나한테 한비자를 골라주고 지금 얼마나 지난 거지?"

"나흘이에요. 그럼 설마……."

"그럼 나흘 동안이로군."

"세상에……."

소옥군은 너무 놀라고 어이가 없어서 말을 잇지 못했다.

"아… 군아 무릎을 베고 있으니까 좋다. 헤에……."

피골이 상접한 모습의 기개세는 얼굴을 소옥군의 아랫배 쪽으로 돌리면서 손으로 그녀의 엉덩이를 더듬었다.

"당신!"

소옥군은 발끈했으나 예전처럼 기개세를 집어 던지지는 못했다. 그랬다간 죽어버릴 것만 같았다.

"흠… 군아 향기가 좋아……."

그는 눈을 감고 코를 벌름거리면서도 손은 쉬지 않고 엉덩이를 더듬었다.

그런데 그가 코를 박고 있는 곳이 소옥군의 아랫배 아래쪽,

그러니까 그녀의 은밀한 부위다.

"그만 해요."

소옥군은 얼굴을 붉히면서 지그시 눈을 내리깔며 나직이 중얼거렸다.

기개세는 팔을 뻗어 자신이 읽던 책을 집더니 천장을 향해 누워 책을 읽기 시작했다.

"얼마 안 남았어. 마저 다 읽어야지."

소옥군은 설마 하는 얼굴로 그가 읽고 있는 책자의 표지를 살짝 들여다보았다.

'제분(制分)' 이라는 두 글자가 보였다.

'맙소사……. 나흘 동안 한비자 오십오 권을 다 읽었어.'

'제분' 은 한비자 오십오 권의 마지막 편장으로서, 상벌(賞罰)의 명확한 구별과 그의 효과에 대해서 기술한 내용이다.

만약 기개세가 순서대로 읽은 것이 분명하다면 지금 한비자의 마지막 권 마지막 장을 읽고 있는 것이다.

소옥군이 처음 기개세를 만났을 때 그는 단지 한 명의 파렴치한 건달이나 다름이 없었다.

그런데 그가 낙성검가의 차남이며 대정숙에 입교한다는 사실을 알고는 뜻밖이라는 생각을 했었다.

이후 그가 대정숙 역사상 이십팔 번째 만점자가 되었을 때 그녀의 놀라움은 정말 컸었다.

처음 만났을 때 한낱 건달로만 여겼던 그가 설마 대정숙에 만점자로 입교할 줄은 상상도 하지 못한 일이었다.

그러니 소옥군도 사람인 이상 기개세를 보는 시각이 바뀔 수밖에 없었다.

그래서 그때부터 그를 유심히 지켜보기로 했다. 하지만 어떤 특별한 이유가 있기 때문은 아니었다.

단지 강한 호기심 때문이고, 그가 나쁜 사람이 아닐 것이라는 확신 때문이었다.

이후 기개세는 또 한 번 소옥군을 놀라게 만들었다.

첫 번째 과제로 선택한 낙성검가의 낙성북두검법과 주역을 십일 일 만에 독파하고는, 그녀에게 다른 과제를 선택해 달라고 부탁을 한 것이다.

그가 과제를 제대로 익히지 않았으면서도 그렇게 말할 리는 없다고 소옥군은 생각했다.

오래지 않아서 드러날 거짓말을 태연하게 할 사람은 아니라고 생각했기 때문이다.

그런데 그는 나흘 동안 식음을 전폐하고는 한비자 오십오 권을 다 읽어치워서 그녀를 다시 한 번 놀라게 만들었다.

사실 소옥군은 기개세가 평소에 끊임없이 자신의 몸을 만지는 것에 대해서 그때마다 응징을 가하고는 있었으나 그것 때문에 그를 미워하지는 않았다.

그의 파렴치하고 엉큼한 손버릇이 어떤 흑심을 품고 있는 것이 아니라 짓궂은 성격 때문이고 친근함의 표시라는 사실을 어렴풋이 알게 되었기 때문이다.

그녀가 기개세에 대해서 내린 정의는 ‘천재이면서 악동(惡童)’ 이라는 것이다.

탁!

“에구… 이제야 다 읽었다. 으으……．”

그때 기개세가 책자를 바닥에 아무렇게나 집어 던지고 나서 두 팔을 길게 뻗으며 한껏 기지개를 켰다.

문득 소옥군은 예전에 자신이 한비자를 공부하던 때를 생각해 보았다.

그 당시에 그녀는 오십오 권을 읽는 데에만 한 달여가 걸렸으며, 그것을 이해하는 데에는 한 달이 더 걸렸었다.

문득 그녀는 기개세를 한 번 시험해 보고 싶다는 생각이 들어 흩어져 있는 책자 중에서 아무것이나 집어들어 펼친 후 잠시 읽다가 고즈넉이 입을 열었다.

“간겁시신(姦劫弑臣)에 대해서 설명해 보겠어요?”

그러자 기개세는 왜 그런 것을 묻느냐고 토를 달지도 않으며 눈을 지그시 감더니 나직한 어조로 말문을 열었다.

“간신은 군주의 비위를 맞춰 신임과 총애를 받고 유리한 위치에 자리하려는 자를 말한다[凡姦臣皆欲順人主之心以取信幸之勢者也].”

이어서 청산유수처럼 추호의 막힘도 없이 간겁시신에 대해서 술술 읊어나가는데, 소옥군이 책자를 보니 단 한 글자도 틀리지 않았다.

　뿐만 아니라 그는 책자에는 없는 해석을 한 문장이 끝날 때
마다 덧붙이는데, 예전에 소옥군이 글선생에게 배운 것보다
더 훌륭한 해석이었다.

　소옥군이 눈을 점점 크게 뜨면서 놀라고 있는 동안 기개세
는 한비자 제십사권 '간겁시신'의 긴 글을 끝까지 한 글자도
틀리지 않고 해석까지 붙여서 다 읊었다.

　'맙소사. 이 사람이 이 정도 천재일 줄이야…….'

　그녀가 얼굴 가득 놀라운 표정을 지으며 굽어볼 때 기개세
의 눈이 반달 모양으로 휘어졌다.

　"군아, 나 잘했으니까 소원 하나 들어줄래?"

　"알… 았어요."

　그녀는 아직 크게 놀라고 있는 중이라서 무의식중에 그렇
게 대답했다.

　물컹!

　다음 순간 그녀는 가슴에 압박감을 느꼈다.

　흠칫 놀라서 내려다보니 기개세의 커다란 두 손이 자신의
젖가슴을 움켜잡은 채 주무르고 있는 것이 시야에 하나 가득
들어왔다.

　"……!"

　휘익!

　"소원 들어준다고 했잖… 으악!"

펙!

기개세는 실내를 가로질러 허공을 날아가 맞은편 벽에 정수리를 처박고는 바닥에 나동그라졌다.

바로 그때 방문이 열리면서 진운상과 계반구가 들어섰다.

두 사람은 소옥군이 일어서 있고 방문의 맞은편 벽 아래에 기개세가 여러 개의 박살 난 화분 잔해와 함께 나뒹굴어 있는 광경을 발견하고 놀란 표정을 지었다.

"유 형!"

진운상이 놀라서 달려가 기개세를 부축해 일으켰다.

"이게 어찌 된 일인가?"

"으으… 무공 연마를 하다가 실수를 해서……."

순간 진운상은 짚이는 바가 있어서 힐끗 소옥군을 쳐다보자 그녀는 가볍게 놀라는 표정을 지으면서 얼굴을 붉히며 고개를 숙였다.

그런 그녀를 보고 진운상은 대충 어떻게 된 일인지 짐작했다.

탁자 둘레에는 기개세와 소옥군, 진운상이 앉아 있고, 계반구는 진운상 뒤쪽에 서 있었다.

소옥군은 툭하면 기개세를 집어 던지면서도 언제나 그의 곁에만 붙어 있었다.

“의논할 것이 있네.”

평소 진중한 성격의 진운상이 지금은 더 진지한 표정을 지으며 기개세에게 말했다.

진운상은 이곳에 들어온 첫날 술을 마시면서 기개세와 말을 놓게 된 것을 잊지 않고 있었다. 그리고 그날 이후 기개세와 소옥군을 보는 것은 처음이었다.

“뭔데?”

진운상은 더 진지한 표정을 지었다.

“나와 함께 임당아화에 가입하고 싶은 생각이 없나?”

“임당아화에?”

기개세의 머리가 빠르게 회전했다. 원래 그는 꼼수에 능했으나 이제는 상대의 말을 몇 마디 들으면 무슨 말을 하려는 것인지 즉시 알아차릴 수 있었다.

그리고 상황 판단을 빠르게 할 수 있었다. 아마도 학문을 배우고 있기 때문인 듯했다.

“원래 임당아화는 일반인들은 가입하지 못하는데, 내가 만점자라는 것 때문에 그들이 은혜를 베푸는 것인가?”

미처 거기까지 생각하지 못한 소옥군은 가볍게 놀라는 표정을 지었다.

진운상은 고개를 끄덕였다.

“그렇네.”

기개세는 턱으로 소옥군을 가리켰다.

"그럼 군아까지도?"

진운상과 소옥군 둘 다 각기 다른 이유로 깜짝 놀랐다.

"그… 걸 어떻게 알았나?"

기개세는 손가락으로 자신의 옆머리를 가볍게 두드리며 싱긋 미소 지었다.

"짐작이지."

그는 담담한 미소를 지으며 소옥군에게 물었다.

"군아는 어떻게 할 거야?"

문득 소옥군은 기개세의 미소를 보면서 눈이 부시다는 느낌을 받았다.

그녀가 누군가의 미소에 지금 같은 느낌을 받는 것은 처음 있는 일이었다.

그리고 기개세에 대해서 아직 많은 것을 모르고 있다는 생각이 들었다.

그녀가 지금까지 그에 대해서 알았던 것들은 단지 커다란 잉어의 비늘 한 조각 같은 것이었다.

"소녀는 당신 뜻에 따르겠어요."

여태까지는 기개세에 대해서 어떻게 생각했는지 차치해 두고라도, 지금은 다분히 그를 믿고 의지하는 마음으로 소옥군은 다소곳이 속삭이듯 말했다.

소옥군의 그런 모습은 늘 봐오던 것이었지만, 지금 진운상은 처음으로 기개세가 부럽다는 생각이 잠깐 들었다.

"파벌이라는 것이 꼭 필요한가?"

기개세는 슬쩍 미간을 좁히면서 진운상에게 물었다.

진운상은 애매한 표정을 지었다.

"선배님들 말씀으로는 필요하다고 하는데 솔직히 나도 잘 모르겠네."

기개세는 이번에는 진운상 뒤에 우뚝 서 있는 계반구에게 물었다.

"계반구님, 파벌이 필요합니까?"

원래 이런 사사로운 질문에 정교반사, 아니, 대정숙 내의 모든 정도고수들은 대답을 하지 않는다.

그러나 계반구는 대답했다. 그는 이곳에 정교반사로서 찾아온 것이 아니기 때문이다.

"파벌은 꼭 필요합니다."

"어째서 필요합니까?"

"오청반은 대정숙 전체를 이끌고 있습니다. 만약 오청반이 없었다면 대정숙 전체의 수준은 지금보다 훨씬 낮아졌을 것입니다."

"이유를 말씀해 보십시오."

"오청반은 대정생도 오백여 명 중에서 가장 뛰어난 생도들의 모임입니다. 대정숙에 오청반이 생긴 지 백삼십여 년 정도 지났는데, 그들은 발족한 그 순간부터 지금까지 언제나 대정숙 내에서 최고를 유지해 왔습니다."

기개세와 소옥군, 진운상으로서는 처음 듣는 이야기다.

"어떤 집단 내에서 그저 그런 사람들만 모여 있는 것과 우수한 인재들이 섞여 있는 것은 크게 다릅니다."

"그렇지요."

기개세는 고개를 끄덕였다.

"원래 우수한 인재들로만 구성된 오청반은 계속해서 대정숙 내에서 뛰어난 인재들을 자신들의 파벌로 영입하면서 오청반 다섯 개 파벌끼리 치열하게 경쟁을 해왔습니다. 선두는 선두를 고수하기 위해서, 후위는 선두를 따라잡기 위해서 일반 대정생도보다 몇 배 피나는 노력을 경주합니다. 그리고 대정생도들은 오청반에 가입하기 위한 자격을 얻으려고 사력을 다합니다."

"대정숙에서는 오청반을 어떻게 생각하고 있나요?"

이번에는 소옥군이 궁금한 듯 물었다.

"오청반 덕분에 대정숙 전체의 실력이 향상되고 있으므로 여러 면에서 많은 지원을 해주고 있습니다."

계반구의 말을 들으니까 오청반이 대정숙 내에서 어떤 존재이며 위치를 차지하고 있는지 세 사람은 어느 정도 알 수 있게 되었다.

"잘 알겠습니다."

기개세는 고개를 끄덕인 후 불쑥 물었다.

"지금까지 오청반 외에 다른 파벌을 만들려고 하는 시도는 없었습니까?”

“오청반에 가입하지 못했거나 자신의 능력이 그들보다 뛰어나다고 자부하는 생도들이 그런 시도들을 했었으나 모두 파벌 자체를 만들지 못하거나 만들었더라도 그리 오래가지 못하고 해체됐습니다.”

“왜 해체됐습니까?”

“파벌의 존립 목적은 오청반과의 경쟁에서 우위를 점하거나 대등한 위치가 되는 것인데, 어떤 파벌도 그것을 이룬 적이 없습니다. 그러므로 자연히 와해된 것입니다.”

“그렇군요.”

기개세는 고개를 끄덕였다. 그는 계반구의 설명을 들으면서 떠오른 한 가지 생각을 소옥군과 진운상에게 넌지시 꺼내놓았다.

“이봐, 우리가 파벌을 하나 만들어보는 것은 어때?”

“우리가요?”

“유 형, 진심인가?”

소옥군과 진운상은 깜짝 놀라서 되물었다.

기개세는 가볍게 손을 저었다.

“나중에 얘기하자.”

그리고는 계반구를 쳐다보았다.

“그런데 계반구님은 왜 저를 찾아왔습니까?”

계반구는 머뭇거렸다. 그런 모습도 정교반사나 정도고수

들에게는 쉽게 찾아보기 어려운 것이다.

"저는 잠깐 볼일이 있어요."

"나는 그만 가보겠네."

계반구가 자신들 때문에 말하기를 꺼려하는 것이라고 여긴 소옥군과 진운상이 자리에서 일어섰다.

두 사람이 방문을 닫고 밖으로 나왔을 때 방 안에서 계반구의 정중한 목소리가 들렸다.

"부탁합니다. 유영 생도에게 낙성북두검법에 대해서 가르침을 받고 싶습니다."

소옥군과 진운상은 해연히 놀라 서로의 얼굴을 마주 쳐다보았다.

대정생도에게 무공을 가르쳐야 할 정교반사가 반대로 대정생도에게 무공을 배우러 직접 찾아오다니, 이것을 어떻게 이해해야 할지 소옥군과 진운상은 잠시 동안 머릿속이 혼란스러웠다.

그러나 소옥군은 곧 이해했다. 자신이 알고 있는 기개세의 천재성이라면 충분히 가능한 일이기 때문이다.

그녀는 괜히 기개세가 자랑스럽게 여겨져서 서둘러 재당으로 향했다.

나흘 동안 굶은 그에게 맛있는 요리를 먹이려고 그녀가 직접 솜씨를 뽐내보려는 것이다.

소옥군이 떠난 후에도 진운상은 방문 앞에 한동안 묵묵히 서서 골똘히 생각에 잠겨 있었다.

*   *   *

'이런 빌어먹을!'

옥마제는 대정숙 담을 향해 사력을 다해 경공을 전개하면서 속으로 욕을 퍼부었다.

적마제에게 큰소리 떵떵 치고 대정숙에 잠입을 했는데, 그리고 제딴에는 최대한 실력을 발휘하면 대정숙 내에서 낙성검가의 두 아들을 찾아내는 것쯤이야 어렵지 않을 것이라고 낙관했었다.

그런데 막상 뚜껑을 열어보니 그게 아니었다. 낙성검가의 두 아들을 찾아내기는커녕 잠입한 지 다섯 호흡도 지나지 않아서 발각되어 지금은 사력을 다해서 줄행랑을 치고 있는 중이었다.

휘이익!

어떤 상황인지 둘러볼 겨를도 없다. 그럴 시간이 있으면 단 일 장이라도 담 쪽으로 더 쏘아가야 할 판국이다.

지금 옥마제의 뒤쪽과 좌우에서는 황의경장 차림의 대정숙 정경고수 십여 명이 사오 장 거리까지 바짝 쇄도해 오고 있는 중이다.

이제 담까지의 거리는 불과 삼 장여. 숨 한 번 쉴 시각이면 대정숙을 벗어날 수 있다.

그렇지만 아차 실수라도 하는 날이면 십여 명의 정경고수, 아니, 순식간에 벌떼처럼 몰려든 대정숙의 날고 기는 고수들에게 포위될 것이고, 그다음은 생각하기도 끔찍하다.

'돼, 됐다!'

이윽고 담 앞에 다다른 옥마제는 있는 힘껏 두 발로 땅을 박차며 비스듬히 솟아올랐다.

담 밖으로만 나가면 수하들이 대기하고 있으니까 도주하는 데에는 별 어려움이 없을 것이다.

타앙! 투투앙!

그때 어디선가 작은북을 거세게 두드리는 듯한 음향이 터졌다.

'뭐, 뭐야?'

준수한 옥마제의 얼굴에 의혹이 어른거렸다.

쐐애액!

뒤이어 허공을 갈가리 찢는 파공음이 터졌다. 소리만 들어도 쏘아진 화살이 십여 발 이상이라는 것을 알 수 있었다.

'화… 살!'

옥마제가 막 담을 넘으려고 하는 순간,

팍!

"흐억!"

오른쪽 엉덩이가 화끈해졌다. 돌아보지 않아도 화살이 꽂힌 게 틀림없다.

그는 엉덩이가 쪼개지는 듯한 고통을 느끼면서 대정숙 담밖으로 추락했다.

'으으… 정말 지옥 같은 대정숙이다…….'

『대사부』 제4권에 계속…

武林君子

무림군자

장진영 新무협 판타지 소설

무림은 그를 영웅이라 불렀고,
그는 자신을 소인이라 칭했다.

"사람이 가져야 할 것 중 가장 기본은 인의(人義). 자신이 정한 바
를 흔들림없이 나아가는
것이 바로 군자의 도(道)다."

얽히고설킨 그들의 인연에 의해 시간의 수레바퀴가 돌아가고,
숨죽였던 무림이 풍룡과 함께 웅대한 날개를 펼친다!!

유행이 아닌 자유추구 -
WWW. chungeoram.com
Book Publishing CHUNGEORAM

제국(帝國) 무산전기

신황 단목천의 전무후무한 무림제국이 홀연히 붕괴한 후 삼백 년,
강호의 혼란을 종식시키고자 새롭게 등장한 무산(武山) 천의맹!
그 천의맹에 대변혁의 바람이 분다.

신황 단목천의 영광을 재현하려는 무림의 영웅들!
과연 새로운 무림제국은 다시 탄생할 수 있을 것인가?

그 혼란의 폭풍 속으로 독각수 적풍이 걸어 들어간다.
적풍과 함께 떠나는
파란만장한 강호의 대서사시!